Gaea

GAEA

The Unique Legend

vol. 0

特殊傳說 II

護玄——著

特殊傳說III

vol. 01

目錄

特殊傳說III

THE UNIQUE LEGEND

人物介紹

Atlantis 學院

姓名：褚冥漾（漾漾）
種族：妖師
班級：高中三年級C部
個性：平時有些被動，但堅毅善良。對各種事物很常在腦內吐槽。
喜好：好吃的食物
身分：凡斯先天力量繼承者

姓名：颯彌亞・伊沐洛・巴瑟蘭（冰炎）
種族：精靈、獸王族混血
班級：大學一年級A部
個性：凶暴、謹慎。
喜好：書、睡
身分：黑袍、冰牙族三王子獨子

其他

姓名：米納斯妲利亞
種族：？
個性：冷靜睿智，在守護主人上極具耐心與溫柔。
喜好：教化另一個幻武兵器
身分：褚冥漾的幻武兵器之一

姓名：希克斯洛利西（魔龍）
種族：妖魔
個性：直爽嘴賤，喜歡有趣的人事物。
喜好：？
身分：褚冥漾的幻武兵器之一

姓名：雪野千冬歲
種族：人類
班級：高中三年級C部
個性：有點自傲，只對自己承認的人友善。
喜好：書、朋友、哥哥
身分：情報班

姓名：萊恩．史凱爾
種族：人類
班級：高中三年級C部
個性：性格沉穩，日常瑣事上很隨意。
喜好：飯糰、飯糰、飯糰
身分：白袍

姓名：藥師寺夏碎
種族：人類
班級：大學一年級A部
個性：溫柔鄰家大哥哥，但其實個性淡泊，
不太喜歡與人深交。
喜好：養小亭、研究術法與茶水點心
身分：紫袍

姓名：西瑞．羅耶伊亞（五色雞頭）
種族：獸王族
班級：高中三年級C部
個性：爽朗、自我中心，一根筋通到底。
喜好：打架、各種鄉土戲劇與影片
身分：殺手一族

姓名：米可蕥（喵喵）
種族：鳳凰族
班級：高中三年級C部
個性：善良體貼，人緣極佳。
喜好：喜歡學長、烹飪、小動物，以及很多
朋友。
身分：醫療班

姓名：哈維恩
種族：夜妖精
班級：聯研部 第三年
個性：嚴肅，對忠誠的事物認真負責，厭惡腦殘白色種族。
喜好：術法研究、學習
身分：沉默森林菁英武士

姓名：式青（色馬）
種族：獨角獸
個性：美人希望是怎樣就怎樣！
喜好：大美人小美人
身分：孤島遺民

姓名：殊那律恩
種族：鬼族
個性：安靜少言，偶爾會隨意地捉弄人。
喜好：術法鑽研
身分：獄界鬼王

姓名：深
種族：無
個性：沉穩，堅毅寡言。
喜好：百靈鳥、黑王、毀滅世界
身分：陰影

姓名：褚冥玥
種族：妖師
班級：七陵學院附屬假日研修生
個性：冷靜幹練，氣勢強悍。
喜好：逛街、漂亮的飾品
身分：凡斯後天能力繼承者、紫袍巡司

水的波紋，在萬千年來始終寂靜無聲沉睡著的古墳上盪開漣漪。

誰會在意這些過往？
誰會在黑暗中傾聽？
誰會在毀滅前挺身？
誰會在死亡前歌唱？

「你是誰？」
純淨的聲音滲入水中，一點一滴地穿越死寂，穿透那些愛恨憎惡，微弱得如同夕日最後一絲廉價光暈般即將破碎。

已經多少年……被遺忘……

那麼，你又是誰？

第一話　家族的邀請

「妖師！後面！」

聽見大喝聲時我回過頭，正好和一隻撲過來的鬼族打了個照面，被打個稀巴爛的低階鬼族腦門在五分鐘前遭受過重擊，現在呈現凹下去、雙眼爆開的兒童不宜狀態，更別說滿頭黑漆漆的詭異腦漿了。

我用了一秒捕捉鬼族的低語，然後直視著它：「跪下。」

鬼族僵住，帶著滿頭腦漿咚的聲雙膝著地，表情痴呆地看著我，雜亂的邪惡詛咒這瞬間被捏熄，只剩下茫然的空白。

「弱雞，左邊。」小飛碟嗡嗡地轉了個圈，在我右邊和老頭公打出一面盾般的防護壁，正好讓一支射過來的黑矛嵌在上頭，劇烈的力道差點崩碎防禦，驚險攔下凶器。

看也不看地往左邊開了槍，我轉動米納斯，直接更換成狙擊槍，對準約兩百公尺外的黑色魔獸一槍打去，子彈在沒入魔物額頭的瞬間炸開，經過小飛碟威力加強的突變版濃硫酸往四面八方噴濺，周圍的邪惡魔物集體嚎叫起來，忘記隱藏自己，到處逃竄。

「還要多久？」站在另一邊的白袍朝著他的同伴大喊，吃力地連續布下更多保護陣法，頂住螞蟻大軍般不斷擁過來的低階鬼族。

真不是我要說，這些低階鬼族大概沒兩千隻也有一千九百九十九隻，精神連繫亂得跟打結的毛線球一樣，再加上一籮筐蜂擁魔獸，讓我考慮了幾秒要不要放生這幾個袍級被咬死算了。

「三十秒。」蹲在破碎大圖陣前、握著水晶修復的紅袍，咬著一小片維持神智的藥草，一手摀著左腹，大量鮮血不斷從他指縫冒出，顫抖的右手更努力地刻著黑色石面上缺損的痕跡。

他傷勢太重，即使經過米納斯一輪治療依然效果甚微。

防禦陣法又被衝破一個。

「鬼門快完全開啓了。」哈維恩從層層鬼族中翻身跳回我們這邊，身上還有沾黏到的腐臭黑血。他皺起眉，甩掉骯髒的外袍，重新拉出件乾淨的黑衣套在身上。「我們可以不要保護白色種族隨便他們去死嗎？這樣可以快速撲滅敵人。」

「不可以。」我看了眼後頭受傷失去意識的紫袍與努力修復古代陣法的紅袍，召回所有小飛碟。「二十秒，把儲存的力量灌到我身上。」

魔龍和米納斯身影乍現，在我身邊左右各自拉出了黑與水色的圖陣。

黑暗力量開始回流到我身上時，我釋出最大的精神力，恐怖氛圍降臨到鬼族大軍身上，霎時大半黑壓壓的低階鬼族失去聲音，全體僵在原地，就連那些不斷撞擊防禦結界的魔獸也都停止動作，一臉痴呆地集體定格。

「站住。」

我冷眼看著瘋狂想要擠進這個狹小山谷的鬼族大軍，開口：「聽見我的聲音，就給我全部滾回去。」

智商比較高的幾隻魔獸發出哀鳴，夾著尾巴逃跑，沒智商的低階鬼族愣愣地往後退開，不知道要怎麼滾回去，有的眞的捲成一團「滾」，更多的是左右相撞，或是踩到已經跪在地上的同伴，場面瞬間亂成一團。

「完成了！」腸子都露出來的紅袍歡呼了聲，手上水晶破碎的同時，復原了的古代陣法重新轉動，一旁的白袍見狀，立刻輸入更多白色力量，促使陣法運轉，微弱的光立刻明亮起來。原先被定住的低階鬼族驚醒，所有精神連結被斬斷，在後方操縱一切的妖魔從遠處發出憤恨的詛咒，接著速度極快地往我們衝來。

始作俑者出現時，我們才看清楚那是隻鬼魔，頂著一根犄角，有著覆滿深綠色長毛的皮膚與兩個成年男子高度的壯碩身體，踩著亂七八糟的低階鬼族，行走時帶著滿地的黑血直接撞破我們最後幾個法陣，高聲嚎出殺傷的咒語，打算在古代陣法完全啓動之前把我們殺光。

我試圖壓制鬼魔，不過因爲精神力已經透支，腦袋一痛，鼻血跟著流了出來。

哈維恩擋在我們前面，揮出彎刀擋下攻擊。

沉默森林的菁英戰士眉頭一皺，左腳微退一步卸掉過大的衝擊力，另一手勾出六靈刀，迅雷不及掩耳地在邪刀開始咆哮時斬掉鬼魔往我們伸過來的手臂。

鬼魔超級不爽地大吼，被砍掉的斷臂噴出大量蜈蚣毒蟲，黑色毒霧炸開，鋪天蓋地地往我們這群人噴來。

連開三槍調動米納斯與老頭公設下結界，突如其來的騷動聲讓我轉頭一看，受重傷的白袍與紅袍正聯手重開防禦，驚險地擋下無聲無息冒出來的另外一隻大妖魔——我們居然沒察覺到有這東西的氣息，幸好情報班眼力很好，及時捕捉到偷襲，否則我們就會像最開始那名紫袍一樣。

所以說，爲什麼一個偵查任務會搞成這樣啊？

「退後。」

熟悉的聲音挾著冰冷的氣息銳利射來，我和哈維恩立刻往後躲開，一根冰刺竄破土地直衝而上，戳豆腐般把鬼魔貫腸穿破腦頂，插成個仰望星空的姿勢，配合寒冰衝高兩、三百公分，形成散發冷冽白霧的冰柱，呈現略帶詭異的藝術感。

黑色鐵鞭帶著撕裂空氣的聲響纏繞上另一頭妖魔的脖子，轉動幾圈，長鞭主人翩然落下，動作輕巧地往妖魔頭上、身軀拍黏幾道靈符，天使文字發出柔和光芒，瞬間箝制邪惡的襲擊。

壓力驟減的白袍、紅袍驚喜地看著援兵，立即退入守護結界，快速替自己簡易治療及將腸子塞回身體裡。

踢開石化的妖魔，穿著紫袍的藥師寺夏碎站在我們面前，遮掩樣貌的蒼白面具調過頭轉向另一隻同樣毫無聲息冒出的妖魔，數張符紙平空拉出十字護盾，將妖魔彈開幾十尺的距離。

這些邪惡也沒有更多進攻的機會了。

帶著火焰的長槍從遠處射來，眨眼貫穿妖魔巨大的腦袋，砰的聲釘到岩壁上，三秒後直接把妖魔燒成焦炭，連烤肉味都沒來得及傳出。

穿著黑袍的史前巨獸落在我們面前，精靈陣法壓下，後方的古代大陣終於甦醒過來，帶著精靈術法高速運轉，原本被毒物覆蓋的土地被急速淨化，陽光穿透妖魔們拉起的黑幕，像幾百束利刃落下，切割這些吐著穢言的妖魔鬼怪。

眼見大勢已去，原本來阻止的鬼族與妖魔發出各式各樣的哀嚎，活像被噴殺蟲劑的蟑螂們往四面八方亂竄，很快地，整支大軍就像來時一樣，迅速退得乾乾淨淨，只留下滿地大量的混亂屍體、屍塊。

古代陣法持續運轉，乾淨的白色空氣慢慢回到土地上，分解鬼族妖魔的殘骸，直到那些東西逐漸散化成灰，消失在空氣中。

「醫療班！」

妖魔退去，將這片土地與外界隔離的詛咒封鎖碎開，被擋在外面的援兵終於可以靠近我們，藍袍的醫療班緊急圍繞過來，替每個人治療傷口。

我看著最先穿過封鎖到來的黑袍與紫袍，露出笑容。

「學長，夏碎學長。」

※

這是，四日戰爭平息的七個月後。

「你怎麼會在這裡？」

看著醫療班把昏迷的紫袍抬出去，收起武器的學長挑眉轉向我。「這是公會的探查任務，你跑來幹嘛？」

我——褚冥漾，對著兩位學長露出尷尬的苦笑：「啊就……我不知道公會在這裡也有任務啦，我是和我們家族裡面的人來的……」

這整件事是這樣的。

今天一大早我收到然的訊息，說白陵家有人要去採集什麼什麼山谷裡面的牧漿草，可以製作成很好的藥物，本來冥玥想來一趟，但是公會那邊有任務派過來所以她得先回去，他幫冥玥帶個話要我如果有過去妖師本家記得拿些藥草回來；我想想反正也沒事幹剛好可以跟著出來逛逛，就跟著家族裡的藥師跑來這座山谷。

結果沒想到公會情報班正在附近執行任務，詳細情況我也不太清楚，他們是三個人一組的探查小隊，不是前線戰鬥隊伍；貌似在統整大戰過後各地受損的古代陣法，而這裡原本有淨化功能的古代陣法遭到破壞，他們才正想回報公會前來處理就被妖魔襲擊。

——這是陷阱。紅袍後來這樣說，然而當他們發現時已來不及反應，當下意識到危險的紫袍擋在兩人面前承受第一波攻擊，整個人差點沒被撕裂，全身骨頭都斷了，幸好沒插穿心臟，但也直接失去了戰鬥力。

第一個發現公會袍級求援術法的是哈維恩，夜妖精本來想裝死不理，結果被我命令說實話，他才臭著臉告訴我，我沒想太多就趕緊跑過來看，沒想到身後的家族藥師們還沒跟上，妖魔就劃出空間封鎖，直接把山谷這一帶與外界切割開。

找到不遠處的公會三人時他們已經受傷很嚴重了，當時精氣神還飽足的我沒想太多，只讓那些妖魔鬼族退開。

發現我是妖師還帶著夜妖精後，白袍很糾結，不過鑒於他們都帶著傷，他只好正式向我求救，沒想到妖魔還有準備後手，打開了小鬼門炸出大量低階鬼族開始車輪戰消耗我們的體力，被圍攻到最後時，紅袍硬著頭皮修復古代大陣，想要用大陣的淨化力量動搖空間封鎖。

幸好最後他成功了，不然我的精神力再消耗下去，可能眞的會想要把他們扔著給妖魔當飼料了。

「確實是很危險，妖魔使用的是高級封鎖，應該是魔王等級的存在提供的禁術。」夏碎學長拿下面具，勾起溫和的笑容。「你進步眞快，每次見到你都有明顯的不同。」

「嘿嘿～」我有些得意地咧開笑容。

四日戰爭後，每個人都經歷了一段休養生息的時間。

而我在魔龍的指導下努力練習精神方面的操控——因爲我的體力十幾年來都沒練過，他完全不期待我可以在短時間內變成武林高手，所以首要就是精神鍛鍊，再同時調整體能武術……這段時間我根本水深火熱！

要知道這條魔龍簡直變態！從頭到尾鄙視人形生物，一開始列出來的進度連火星人都辦不到，連米納斯都看不下去，和老頭公一起按著缺乏「正常生物」教學常識的魔龍重新修改訓練方式，我才獲得了合理的鍛鍊課程。

雖然還是很嚴格。

不過操控方面變得比以前好太多是眞的，然爲了讓我有自保能力，特別允許我可以使用小部分黑暗力量，但是想要控制更高等級或是陰影那些就別想了，而且用了別人也會怕。

四日戰爭後的流言蜚語到現在都沒停過，幸好那些排斥黑暗的人不知道妖師一族的確切位置，外加然的產業鏈與白色種族關係緊密令他們無從下手，不然大概又要打一次戰爭了。

「還有力氣笑就滾過來。」學長收回長槍，白了我一眼，走向運轉中的古代大陣。

我看夏碎學長掏出本子跟過去，立刻爬起身與哈維恩尾隨在後，魔龍和米納斯早早自動回手環裡沒吭聲，我們幾個就聚精會神地聽起學長講解這個古代陣法的構成。

撤去各種阻礙血脈力量的保護術法後，我發現我在學習、記憶這些東西的速度也變快了，偶爾遇到學長他們時，學長也會拽著我和夏碎學長一起學一些古代術法。畢竟鬼才知道學長本人到底會多少東西，他肯講解都是千載難逢的機會，怎樣也要乖乖聽講。

後來發現這件事的哈維恩當然不客氣地跟著蹲講解，寫筆記寫得比我還勤勞。

看我們這邊開啓教學模式，來援的其他公會成員沒打擾我們，安靜無聲地各自收拾山谷戰場，連白陵家的藥師都很有耐性地在外面等待。

「……這樣都記住了嗎？」詳細解說兩遍後，學長盯著我們，其實主要是盯著我，學這些東西我還是比夏碎學長和哈維恩慢很多，常常回去要再請哈維恩反覆幫我講解，幸好夜妖精的興趣是研究這些東西，否則大概會想把我按到馬桶裡然後用馬桶水沖我的腦袋。

「大致上知道了。」我低頭看著被我畫得歪七扭八的筆記本，眞心慶幸還好這個古代大陣主要只有淨化功能，而且使用的是比較常見的古老通用語，要是來個三合一享受，咒語構成就會複雜三倍，我的腦袋也會大成三倍。

「褚下午有課嗎？」夏碎學長收起小本子，看著我們兩個。

「我四點有一堂，哈維恩要去七陵研習。」我眼巴巴地看著夏碎學長和學長。四日戰爭後回到學院，被襲擊的學校重新整頓之後再度開課；現在他們已經在上大學部的課程了，和高中部分開，基本上平日很難在學校碰面，只剩偶爾回黑館時會遇到，但我現在因爲各種訓練忙碌許多，也不常回黑館……更別說學長最近也很忙。

——忙著追殺那些買內褲的。

雖然當時他說下不爲例，大概是因爲他被我的大崩潰和夏碎學長的狂怒給嚇到不太敢追究，不過後來他很快把目標放在買家身上，踏著線索去追回那三件他根本沒用過的嶄新物品。

被黑袍追殺有多可怕？

聽說那三個買家整個逃逸無蹤，連他們所屬的家族都不知道他們的去處，學長還是小看了身家實力雄厚的瘋狂粉絲，光是追到第一個人就讓他整整花了一個半月，而且人家還是某個王族公主，不能扁也不能殺……不對，聽說他扁護衛群，而且還燒掉被藏到聖地保險箱的內褲，還好最後公主沒追究。

畢竟爭奪一條內褲搞到種族大戰也是很難看的，最終就不了了之了。

目前學長正在追殺第二個買家。

「那麼明日在『那邊』碰面時，我再帶你需要的符咒筆記給你吧。」夏碎學長說著，順手掏出幾張白色的符紙遞給我：「這是剛剛用的神聖護符，前不久安因先生教授的，你下次去上課前可以試著自己製作看看。」

「謝謝夏碎學長！」我感激地收下那幾張貯存著光明力量的符咒，然後努力從自己身上翻出一塊寫著黑字的小木牌遞過去。「這是小淺上次給的，後來我有嘗試製作，夏碎學長也可以用看看。」

「那就謝謝你了。」夏碎學長笑咪咪地接過黑暗咒紋。

等我們兩個換好作業交流，站在一邊的學長才開口：「你最近不要到處亂跑，公會收到消息，有些地區發現食魂死靈的蹤跡，雖然沒有看見黑術師，不過還是要小心點。」

「喔，好。」我點點頭，默默地在心裡冷笑了下。最好是有黑術師出來，然他們巴不得把那些混帳大卸八塊，我能力沒那麼強，我只想把他們腦袋手撕下來。

「別在那邊想些有的沒有的！」學長抬起手，正想搧我腦袋時擰起眉，大概覺得高度和角度不順，收手就往我小腿踢了一腳。「安分一點。」

我縮起腳，搗著小腿單腳跳了兩下，覺得小腿差點骨折。

現在長高不好打我頭也別改成踢我的腳啊！真的被踢斷怎麼辦！也不想想你自己力量有多大啊喂！

「學長你自己才該安分一點……」含淚放下肯定烏青的小腿，我咕噥了句。比起我，根本才該好好休息的是這頭史前巨獸啊，過勞死我說他是第二，肯定沒有人敢說自己是第一。聽說您這個月除了殺買家以外，公會任務又開始越接越多了，年紀輕輕有必要這麼操勞嗎？還是因為您炸毀的古蹟太多需要更多的金錢還債啊？

啊等等！搞不好還真有這可能。

長期以來我一直覺得學長富可敵國，但忘記他也是個會爆破各種東西的人，說不定他這麼努力出勤就是炸了太貴的東西賠不起，高額債務得用勞力來賠。

「腦殘什麼！」學長往我另一隻小腿踢過來。

我趕緊跳到旁邊，委屈地繞到夏碎學長另一側。

夏碎學長好笑地搖搖頭，隔在我們中間說道：「我們也差不多要回公會總部匯報了，你也快回去準備上課吧，學院課程還是盡量別落下，特別是你用選修的。」

四日戰爭後，因為我身分特殊，加上有其他袍級幫忙背書，雖然不用留級，但怎麼學習也成為個大問題。

原先對於回歸學院我感到很猶豫，畢竟我認為在另外一邊可能可以學到更多。後來和然、冥玥商議過，也重新問了學長和夏碎學長的意見，他們很一致支持我的想法，但他們覺得學院的資源、師資畢竟擺在那邊，我還是有回歸學院的必要，只是看我想把重心擺在哪方。

真正讓我下定決心是請教了殊那律恩與深和班導的看法後，才正式決定回到學校。

幸好我們學校向來自由到爆，班導直接協助，幫我重新安排課程，一般比較尋常的班級課業、活動就跳過去了，課程全部改成特定選修。

雖然有點特權問題，然而考慮到妖師的敏感身分，且校內白色種族學生太多，不少人會產生恐懼，只能把我用個案特別處理了。

不得不說班導雖然看上去很不可靠，安排事情還是很實際的，特別是他還請動了幾位老師幫我另闢個人輔導，課餘直接在黑館內進行學習，可以省去與白色種族其他學生產生衝突，完全顧慮到了某些白色古老家族與我的立場。

值得一提的是，四日戰爭中七陵學院首次在眾人面前曝光的超凡能力引起轟動，戰後除了妖師出世外，被議論最多的就是當時七陵學院用上的那手黑白協調術法，各地湧現了大量術師登門拜訪這座半隱世的學院，打破他們多年來的沉默寂靜。

然而也有認爲七陵學院這樣是在助長邪惡，竟然讓白色正義與黑暗協調，叛逆驚人，絕對不是正派行爲，所以起了一股反對七陵的勢力。

只是七陵的董事們應該也是很有「想法」，學院照舊避世，管你外面敲鑼打鼓想要衝進來學術法或抗議，他們說不放就是不放，能進七陵的外來術師很少，全都必須經過學院的品性考驗，思想太骯髒的還會被丟出去。

當時哈維恩因爲和參加四日戰爭的七陵學生們有往來，也持續好一段時間相互交流，所以直接收到七陵的邀請函，歡迎他隨時過去聽課、共同探討，還有專屬的教授願意指導他一起加入黑白術法協調的菁英課程。

而在兩個月前，我們學院和七陵學院達成共識，簽訂了共享交換資源與師資，目前兩邊學生都可提出申請，經過審核便能前往選課學習，學校內甚至都建立好專屬的傳送陣了，來回非常方便。

現在走在學校裡，偶爾還能碰見穿著七陵學院斗篷的學生，不過他們個性都很安靜，常常拉起斗篷帽看不見臉，和我們學院每天人人都在自爆的風格形成強烈對比。

「好，那我跟家族的人打個招呼就回學校。」我看著也打算離去的黑、紫袍，突然有點想說什麼的欲望，可是想想又沒有要說什麼，只好把叫人的衝動吞回肚子裡。

探查小組的三人雖然受創嚴重，不過都沒危及生命。我出去和白陵家的藥師會合時，留下來的白袍很快地往我這邊走過來。

「這次眞的感謝你們的幫助。」白袍對著我和哈維恩一陣道謝，看來他是對黑色種族比較沒意見的那部分群體，整個很客氣。「妖師一族和你的學院都有與公會合作，所以協助酬金會經過正常流程，由你的學院派發給你。另外你的家族有幫你申請報酬折合力量的交換，所以你的酬金會比較少，兌換的是我們露雨妖精的力量，會儲存在封印水晶，經由你的家族交到你手上。」

我在效忠妖師族長後，黑暗的能力大多不能隨心所欲使用，白陵然只允許我用很少一部分的力量自保。後來他得知魔龍的小飛碟可以貯藏力量再反饋給我使用，就替我和公會交涉了「折合力量」的條件，如果像這種可以得到公會報酬的情況下，被協助的公會成員們可以出於自己的意願，提供一些一次性的「力量」給我當作報答。

當然如果對方不想給，我的酬勞依然會是原本的金錢或相當價值的物品就是。

換句話說，就是如果對方肯認同黑色種族，就會願意給我這個被監控的小妖師一點力量讓我保護自己，不信任也不贊同就讓我回去領錢了。

瞭解這個交換力量的制度後，我才猛然驚覺學長他們有時候會用出亂七八糟的術法是怎麼來的，他們絕對也是邊出任務邊換了很多種族力量，然後再去碾壓別人。

夏碎學長的靈符可以那麼多元化的謎底也就解開了。

「謝謝您，我會好好使用這份力量的。」感激地看著白袍妖精。其實他可以不用特地來告訴我這件事情，到時候收到報酬我就會知道了，他會在這邊等我就是想當面釋出這份善意，真讓人感動。

白袍妖精微笑了下，拍拍我的肩膀。

「遲早會有更多人認同你們，加油！」

※

「妖師受死！」

我丟出一張符咒，正好把衝過來的人直接貼成個殭屍，對方一動也不動地開始石化，最快也要三十分鐘之後才可以解除。「下一位。」

原先想圍攻我的另外三人明顯躊躇不前，帶著警戒的表情看著我，看來今天的練拳頭時間到此結束了，嘖。

自從我應對越來越自然之後，挑戰者變少了啊！這樣我怎麼達成魔龍給我的功課——回校時每天要打贏最少十個人，不然就是繞著黑館跑十圈。

你們這些愚蠢的白色種族，還不快點來攻擊我啊啊啊啊啊！我今天差九個！沒人打我就得晚上多跑九圈了啊！

「垃圾膽小鬼。」為了能讓他們來被我揍，我只好仇恨發言。

果然那三個人臉色立刻漲紅，怒罵著全朝我撲過來。

心情愉快地左閃右閃、打開防壁，彈飛一個人後用米納斯牌黏膠把第二個人黏在地板上，接著彈出靈符瞬移，繞到第三個人背後朝他背部貼上火符，這傢伙就發出尖叫聲帶著噴火的背飛也似地逃走了。

很好，還缺六個人。

希望逃跑那個可以多帶幾個復仇夥伴回來找我麻煩。

距離上課還有點時間，我應該還可以站著等一下別人尋仇——正這麼想著的時候，一道冷冽氣息逼近……喔，老面孔。

火符刀砍在我側邊，米納斯轉出的護盾帶出一波波漣漪，波紋後的熟面孔嘖了聲往後翻開，幾把短刀射入我周圍地面四角，火光點燃術法，灼熱的氣息眨眼襲來。

我後退一步，原先站著的位置張開了水色結界，搭配點出來的符紙散出涼意，正好與烈焰迎面撞上，大量水蒸氣眨眼爆發，被老頭公擋下，另一邊的襲擊者罵了句急速後撤，避開高溫燙傷風險。

「今天第幾個了？」握著火符刀的人丟了一句。

「你是第五個。」我搧搧手，周圍的水蒸氣四散開來。

「……不打了，晚一點再來。」收回火符刀，攻擊者——里德煩躁地抓抓頭髮，「你打完九個之後再通知我。」

「看心情。」跟著收回術法，我笑了下。

本來很愛攻擊我的妖精前陣子知道我每次回來都要挑十個人扁之後就不想當前面九個，現在很常這樣自主擺爛。

不過能像現在這樣聊天其實一開始也很出乎我的意料之外，原先還以為回到學院後，妖師徹底出世會讓他更加痛恨我們，可是他卻一反先前仇視的態度，敵意也削減大半；後來我才知道，他們部族與天使往來密切，他對我變友善的原因有很大一部分是聽見天使們對於雷天使殘魂送回的感激。

雖然他還是很討厭我，但已經開始用其他方式來理解我們。

這是在半年前我想都沒想過會發生的事情。

「你今天不用躲人啊？」我左右張望，沒感覺到另外的氣息，這附近沒其他人了。

「你，臭妖師，閉嘴。」臉色瞬間如同踩到大便，里德語氣凶惡起來：「不——准——提——！」

「我等著喝喜酒啊。」

話說完，火符刀直接往我正面射過來，我趕緊擋下，開始迎接今天第五位挑戰者。

四日戰爭過後沒多久，偶然某一天不知道在聽誰講八卦才聽見里德退出他們那個小團體的傳聞，後面更勁爆的是他退出的原因是察覺他好兄弟過於親近的態度。

據說這事情的起因是四日大戰之前，黑暗同盟席捲世界、在各地引起戰爭時，他們的小團體什麼兵團的當然也正義出戰，結果差點被全滅，那時候妖精挺身幫其他殘餘的同伴擋下攻擊自己垂死，事後躺了很長一段時間才又恢復現在我面前這個活蹦亂跳的樣子。

結果沒想到他的好兄弟不知道哪根筋炸裂了，開始整天纏著他跑。

對此我只能仰望天空，然後終於想起某天某天某刻某時間，我似乎、彷彿、好像曾經在心裡真誠地祝他們兩個去談情說愛這件事情。

當然我是絕對不承認這和妖師力量有關的！

好不容易用黏膠把里德固定在原地時，我的課堂也快開始了。

「你有種就不要用黏膠彈！」被黏住的妖精在一片廢墟裡破口大罵。

「看心情啦。」

揮別了原地暴罵的挑戰者，我心情愉悅地直衝課堂教室。

重排的選課大多都是與我自身有關的專業科目，通用語言那些則是保留一小部分與班上的同學們一起上課，所以這些選課的課堂相對人少很多，而且大多都有其他袍級學生，可以多少防範種族衝突。

像今天這堂就是黑暗文字與語言的結構，來聽講的也有好幾位黑色種族的學生，只是他們目前還坐離我很遠，大家都在彼此觀望。

「這裡。」

一進教室，我就看見萊恩正在朝我揮手，早進來的他已經佔好位子，還在桌面上擺了兩個飯糰盒子表示有人。

為什麼萊恩會出現在這邊呢？先前我也很疑惑，後來他才解釋他的幻武兵器裡有一顆是黑暗屬性，雖然平常會回應他的召喚但是至今溝通不良，精神連繫的頻率很差，所以他才選擇這門課程，看看能不能和兵器有多一點共通語言……真不是我要說，為了幻武兵器他也是用心拚了。

「給你的。」萊恩將我桌上的飯糰盒子移動了下，表示這份是我的。

打開一看，都是小小的乒乓球形飯糰，他抓好這時間可能還不是很餓，採買飯量適中、點心範圍的分量，只有三球，旁邊還有一小塊布丁。

正好今天因為被圍困山谷我沒吃什麼、肚子很空，看到有食物就趕緊狼吞虎嚥地嚼下去。

萊恩歪過腦袋，「你很餓嗎？」說著，他把桌上另一盒飯糰也推給我，這是他自己平常的點心分量，小飯糰比我盒子裡的多三倍。

快速講了下今天被圍困山谷的事，我感激地繼續吞吃美味小飯糰，差不多吃到快光時才感到有點飽了。不得不說萊恩挑飯糰眞的很厲害，其實我還很想繼續吃，可是我覺得吃個精光對人家不太好意思。

「我還有。」察覺到我的猶豫，萊恩掏出第三個盒子，另外又拿出一個保溫壺，倒出一杯清爽的果汁放到我旁邊。「還有五分鐘上課，快吃。」

在同學的關懷下，我終於在老師來前吃了頓飽，用感恩的心情把飯糰盒子還給他。

接受魔龍訓練後，我的食量眞的越來越大了，現在吃飯都比以前多吃一碗，幸好運動量大所以沒胖，相對地還開始長出人人渴望的肌肉，身高也往上抽了。

雖然如此，魔龍還是一直嫌棄人形身體太爛，一拍就死，比不過龍的威武形態。

兩節語文課上完，萊恩與我頭暈眼花地離開教室時天色已布滿霞彩，金色的光影落在學院各處，每個庭院看起來都像撒滿了金粉般閃閃發光，不知不覺停下腳步注視著這一切，這時候腦袋空白了幾秒，算是緊繃的一天中極少的放鬆時間。

一張米色淡雅的信封從旁邊遞過來給我，上面有著象徵身分的家徽。

「似乎是收到什麼預見，雪野家即將舉行一場正式的神諭觀禮，屆時會有各大家族到場，這是邀請函。」萊恩低聲地說：「因為這兩年世界動盪太大，這次似乎會有重大宣告，可能也和千冬歲未來的繼承有關係。」

我打開信封，裡面同樣字體優雅美麗的邀請函上公關式寫著敬邀貴賓之類的話語，紙張上有術力波動，看來要等到指定時間才能啟動裡面的預設陣法，讓被邀請者可以正確抵達會場。

「喵喵和我也會去，要等你嗎？」萊恩詢問著。

時間是半個月後。

我點點頭。

「我一定到。」

第二話　孤島之獸

「邀請？我們有收到。」

翌日，獄界的世外天交界點，夏碎學長回應我的詢問：「藥師寺家一向都有收到，不過往年都是族老們代表前往。」

四日戰爭後，雖然返回學院，不過其實我更多時間是待在獄界這邊，住在當初那個白色高級旅館裡。

離家後，我開啓了黑色通道踏入獄界，原先是打算直接留在黑色世界徹底學習，但那幾天和鬼王聊過，黑王領地雖然相當歡迎我，但殊那律恩卻讓我好好想想。

「還不到最糟的地步，你並不須要躲避白色世界，相反地，你擁有極佳條件繼續在白色世界中學習，並融合你在兩界中所學輔助妖師一族，助益將比你永遠屈居於黑暗世界還要大。」殊那律恩當時如此說道：「白陵族長費盡心思想讓族人們與世界結合、不輕易遭受迫害，目前爲止他的布署亦非常正確，人們雖然知道妖師出世，但妖師一族已融入社會當中，難以隨意出手。以此爲前提，你應該要明白你所走之路，並非純粹的黑或純粹的白……」

「就像其他人說過，白色種族也會學黑色術法，對嗎。」我那時聽著鬼王的話，突然明白自己應該要朝哪方面走下去。

既然我是人類與妖師的混血，我能夠學習白色術法也可以使用黑色術法，那麼我就應該要兩方都用心去學，像然與冥玥一樣。他們被七陵邀請，並且與七陵合作開發出黑白共生術法，讓七陵學院在四日戰爭中一鳴驚人，使得許多人開始考慮黑白世界再度合作的益處與可能性。

我的學院是異能學院之首，資源也遠超其他學院，裡頭連惡魔都有，不只我一個黑色種族，而獄界這邊更有鬼王、陰影等人協助，我確實不該放棄其中一邊，而是得把兩方的東西都學起來，用在保護妖師一族與我周邊的人們身上才對。

於是我日後的生活也就這麼定了。

平日沒事就住在世外天這邊接受鬼王和魔龍、米納斯等人的訓練，然後使用黑王和學校為我特製的私人通道往返學院上課，有在黑館內的單人課程那一、兩日就住在黑館。

如此一來，我每天的時間幾乎都被塞得滿滿的，剛開始簡直生不如死，幸好幾個月後的現在慢慢開始習慣並遲緩跟上進度了。

比較慶幸的是除了哈維恩以外，後來夏碎學長也請求前來，所以大概每個月黑暗領地毒素降到最低時，夏碎學長也會進到世外天，如同現在。

黑王終究還是不太想讓白色世界的人過於頻繁地踏入充滿毒素與惡意的獄界，只願意在每月毒素最淡的這一、兩天讓我除了哈維恩之外，可以多帶三個人一起過來學習，而且裡面不能有精靈或是其他容易受黑暗影響的純粹種族，學長除外。

不過進出獄界是大事情，我不敢隨便帶人，所以直到現在也就明白內情的夏碎學長而已。

而在那場戰爭後，獄界鬼王的排名果然重新洗牌了。

目前四大鬼王勢力底定後的第一位就是出手直接震撼獄界的殊那律恩，第二是被打得又龜縮消失的裂川王，第三同樣是景羅天惡鬼王，最後則是比申惡鬼王。曾經的耶呂鬼王因爲早就身死，所以被剔除排名，連地方鬼王之名都沒被列入，手下最後殘存的勢力被裂川王和比申各自吸收，消失殆盡。

然而比起原本就讓人很忌憚的黑王，大多邪惡勢力對裂川王與其所屬的黑暗同盟更有興趣，這幾個月以來投奔裂川王的邪惡存在異常多，有些與黑暗同盟一樣突然人間蒸發，有些則開始自詡爲黑暗同盟盟友，發動襲擊，在獄界各處點燃爭奪地盤的戰火，首當其衝的便是對立的黑王領地。

有幾次我在獄界上課是小淺充當代課老師，黑王和萊斯利亞等人奔波各個大小戰場，好不容易這一、兩個月才漸漸平息，讓領地周圍再度重回暫時的和平安穩。

我抬起頭，看著坐在我們對面沉靜優雅的鬼王，剛上完整整三個小時的黑色咒術，現在放生我們自習討論教學內容，他逕自翻閱起手邊堆著的卷軸報告。

夏碎學長幫忙修正我的咒術筆記，邊回答我剛才的詢問：「藥師寺家族因為替身能力，意外身亡的機率極高，所以掌權者分為數位，除了家主之外，還有三位族老一同管理重大事務。家主若不克前往，族老們便會代表出席。」

「可是我聽說這次好像會有和千冬歲相關的宣告。」我接回筆記，把被指出錯誤的地方重新抄寫個五次加強記憶。

正要檢視筆記的人停頓了下，淡淡地開口：「我知道。」

我突然覺得自己可能問過頭了，直接閉上嘴巴，乖乖地認真在筆記上做功課。去不去、用什麼態度應對是夏碎學長的私事，他有他的考量，我實在是不應該問太多的，好像在逼他表態一樣。

「今年我會前往。」夏碎學長的聲音從旁邊傳來，與平常一樣溫和。「代表藥師寺家族赴邀。」

「那、那眞是太好了。」有點意外得到回答，我愣愣地反應。

「所以專心在學習上吧。」

「喔、喔好，抱歉。」

斷斷續續討論今天黑色咒術和應用大約半小時後，對面的黑王突然放下手上的紙張，似乎在傾聽什麼般微瞇起眼睛，過了一會兒開口：「你們一起來吧，夏碎須要帶好防禦護符。」

「好的。」夏碎學長立刻替自己上了幾個防護，然後遞給我幾張靈符。

通常黑王會這麼說，十之八九是外面發生事情，不過對他們而言是小事，是可以把我們順手帶出去見習的程度。當然黑王完全可以保護我們不受獄界毒素入侵，然而他先前也挑明說過今後他不會百分之百當個守護神，只會保證我們最基本的生命，其餘的我們必須自己學著應對，別想在他這邊當溫室的小花。

既然要踏進獄界，無論如何我們都必須對自己的命和選擇負責，他只會從旁輔助與教導……雖然在我差點死了將近上百次之後他有點懷疑我的血統就是。

四周景色開始轉變，原先稀薄的空氣毒素開始濃烈起來。

這幾個月裡我讀過不少獄界歷史記錄，黑王領地的鬼族編寫的這些書數量高過我原先的猜測，他們的圖書記錄館根本不輸給我知道的種族或學校圖書館，各式各樣的資料豐富，還可以查到很多白色種族的祕史。

有次我看到了不知道誰惡趣味地記錄某某王在位的一生，因爲對藥草不熟，連續誤吃同樣的草中毒的次數……所以說，不要因爲人家不熟，就故意偷偷把毒草放到他的飯菜裡面害他烙賽啊。而且這王也滿缺根筋的，他一輩子被這種草毒了六十幾次，光拉肚子就人工減肥了六十幾次，最後他還是分不出來這草長得和一般的菜不同點在哪裡。

總之，忘記在哪邊看過的記錄裡面說到，最早獄界的空氣毒素並沒有這麼濃郁。剛開始成爲「獄」時，這裡的環境其實還能讓白色種族忍受，所以有不少白色種族會踏足獄界監控狀況，直到邪惡遍布，散發的毒霧覆蓋，這裡終於成爲徹底的黑暗之地，連白色種族都能輕易毒死、無法安心呼吸，才失去他們的蹤影。

轉移終點到達時，老頭公重新調整我和夏碎學長身上的保護壁，確定最外層的守護一點毒素都透不進來。

黑暗之地的終點是一片名爲血棘林的暗黑森林，連接過去就是當初黑王剿破裂川王的巢穴山脈。現在這一大片領地都歸入黑王勢力範圍，劃分給我帶來的采巨人們管理與居住。和那個王八蛋有仇的采巨人們只要發現餘黨通常是格殺勿論，絕不留給黑暗同盟任何生機，幾個月下來，這塊土地也沒有其他鬼族敢入侵，完全平定下來。

守在血棘林的采巨人看見我們到來，讓開了入口位置，使人可以清楚看見橫躺在不遠處的巨大魔獸。

深蹲在魔獸旁邊，在我們走近時站起身，沒什麼情感的聲音簡單報告：「孤島異獸。」

我跟著看過去，渾身黑色毛皮的魔獸差不多是公車大小的狼形外表，大概是被狠狠揍了一頓，軟癱昏迷在地，一抽一抽的呼吸聽起來似乎還有點痛。

孤島這個名字怎麼聽起來這麼耳熟？

「飛狼？」夏碎學長仔細端詳魔獸半晌，突然意外地轉到狼頭前，蹲下身看著昏迷的巨狼。

「咦？阿利學長那種幻獸嗎？」說到飛狼我就只想到阿斯利安的飛狼，先前真的幫了超多忙，可大可小還很可愛。

「嗯，飛狼族，雖然是幻獸，不過能力極高的飛狼也可以化成人形，特別是狼王狼后。」夏碎學長解釋道：「雖然不像燄之谷是頂尖獸王族，不過飛狼們是罕見能攜帶古代陣法的存在，現在數量已經很稀少了，阿斯利安的飛狼也是在某次因緣巧合下締結契約。」

殊那律恩走到夏碎學長側邊，伸出手，掌心貼在巨狼的額頭，「褚，你過來試試。」

我趕緊湊過去，手掌也貼上飛狼的腦袋。

細緻的黑暗力量引導我連接上飛狼的意識，毫無設防的記憶畫面有時深有時淺地傳到我這邊，很像畫質不好的舊影片，不時還會斷訊。影像大部分都是在獄界、妖靈界，與各種邪惡種族搏鬥撕咬的片段，能夠發現這隻被扭曲的幻獸經歷過很長時間的戰鬥，直到現在疲憊地被擊倒在我們面前。

「牠是來找您的？」我看向旁邊的黑王，魔獸往這邊來其實沒有攻擊什麼，而且還在附近徘徊了有陣子，直到采巨人接近、受到驚嚇才襲擊，結果差點被巨人搥扁。畢竟和巨人相較，魔獸嬌小了許多，像隻不具威脅的幼犬。

「嗯。」

殊那律恩移開手，這時我才發現魔獸不知什麼時候已經醒了，血色的眼睛安靜地盯著我們看，毫無敵意，乖乖地保持著原先的動作。鬼王與牠對視，輕輕地開口：「你來尋回過去的自己？或是想在這裡得到安息？」

魔獸嗚咽了聲，緩緩張開充滿腥血味道的嘴巴，從利牙間吐出了一小塊發著黯淡銀光的物品。

我在鬼王示意下撿起小東西，發現是巴掌大的小鏡子，有兩道裂痕，鏡面、鏡身上黏滿乾涸的血漬，只有個指甲大小的局部折射出倒影，才讓我可以確認是面鏡子。

「你們兩個走一趟吧。」鬼王很自然地朝我和夏碎學長看一眼。「孤島——瑟菲雅格島，四千年前沉淪於自由世界、也就是現今所說的守世界，至今已被世界所遺忘，孤島魔鏡帶來座標，或許你們能在上面發現什麼。」

……我都還沒擦乾淨您就知道上面有座標，不愧是鬼王啊。

默默盯著一團黑黑的小鏡子三秒，我打從心底佩服這些厲害人物們的眼睛，比X光還X光啊。

「我通知一下哈維恩。」見鬼王沒打算收走鏡子，大概是默認讓我們帶過去，我就先傳訊息給還在七陵學院的夜妖精了。

魔獸整個站直起身，對著鬼王低鳴了幾聲。

「請問我們該從那上面帶回什麼嗎？」夏碎學長相當有禮貌地詢問著魔獸與鬼王。

「沒有，牠只希望你們能去看一眼，告訴牠出生之地現在的模樣，因爲扭曲的影響，牠在獄界渾渾噩噩不知度過了多久，直到最近突然想起故鄉，追隨著黑王傳聞前來此地尋求幫助；所以你們並不須要過於涉險。」殊那律恩摸摸魔獸的臉，難得話多地爲對方翻譯。過往剽悍的飛狼低下腦袋，透出一絲期盼。

「我們這裡有收藏瑟菲雅格島的島內古地圖，你們先回去準備吧，稍後會有人找來給你們。」深很快地把消息傳回領地的同時，我和夏碎學長腳下出現黑色陣法，將我們帶回黑王宮殿內的世外天交界點。

這陣子偶爾像這樣的跑腿、鍛鍊工作我也做了好幾次，算是習慣了。

「……欸等等！孤島不就是——」

剎那間，我腦子裡突然接到電波，終於想起來爲什麼我覺得孤島很耳熟了。

大王子說過色馬出自孤島啊靠杯！

※

哈維恩收到我的消息後，馬上來到獄界。

差不多時間，孤島的古地圖也被翻找出來，經由花妖精送到我們手上。

原本我在刷的鏡子直接被夜妖精接手，我只能滾去收拾點可能會用到的物品……其實還眞沒什麼好收拾的，爲了揍學校挑戰者，靈符、水晶、藥物什麼的我天天隨身攜帶，簡單的食物和衣物也有收納在空間小倉庫裡，更別說還有個老媽子一樣的夜妖精幾乎都幫我全包了，最近被哈維恩跟著我都快變生活白痴了。

「這樣就可以了。」擦拭著鏡子，哈維恩從浴室走出來，然後將刷得乾乾淨淨的小鏡子放在桌面上，我和夏碎學長立即靠過去，連魔龍和米納斯都跟著浮現出來好奇圍觀。

……不是我要說，自從開始正式鍛鍊精神力，他們兩個就越來越常主動跑出來，連老頭公也沒事會出來逛大街，沒說的話一般人還眞不知道他們是幻武兵器。

「看得出來是什麼嗎？」我看向魔龍，等他的百科全書科普。桌面上的鏡子看起來相當古老，鏡身本體是銀製的，上頭有鏤空花鳥圖紋與一些文字；鏡面與我們現在的鏡面材質不太一樣，與其說是玻璃，不如說更像水晶，某種液體薄薄一層抹在嵌入的薄水晶裡，映照出外界倒影，就連裂痕都沒影響它的功能。

「太新了，本尊看不出來。」

「……」這條老龍。

「這是映泉鏡，貴族女性用來護身的術法鏡。」哈維恩在鏡面上頭畫了個十字圖形，鏡面下蕩出小小的漣漪，勾勒出藏在其中的小型圖陣。「你們應該知道有些人即使身爲非人的種族，卻幾乎沒什麼先天力量，如同普通人類，爲了保護他們的安全、特別是婦孺，會在這些隨身用品上用心製作，取用蘊含魔力的材料，放入各式各樣的法術以供使用。」

這讓我想起然的媽媽和我老媽，力量微小的雪妖精也是在身邊帶著人偶，然而最終還是沒有躲過一劫。

默默地按下心裡那股小小的波動，我再次看向鏡子，水色的鏡面上飄起了迷你的星空圖，下方則是碧綠的島嶼。

夏碎學長攤開古地圖，其實就和其他地方的地圖差不多，大致標註了當時島內的概況，幻獸的數量與分布點尤其多，另外就是羽族和妖精族的一小塊住處。「獨角獸的棲息地。」他點著島上蔚藍的山中湖水區，旁邊圍繞著一圈圈的山脈。

其實這位置有點像我知道的嘉明湖，不過地圖上標示的群山更多更高聳，湖水的藍色面積也更廣大，旁邊還有金色山林的圖案。

「這確實是座標，不過孤島沉淪太久，傳說與歷史都明載已經沒有入口，如果你們只是要去看看狀況，在海上範圍就可以了。」哈維恩把鏡子裡的星空複製下來，配合古地圖上標示的經緯度，在地上攤開另一張現代的大地圖，用術法繪出孤島目前可能存在的位置。

我看著夜妖精的大地圖，新地點的位置是在海洋的某處，那裡什麼也沒有，不過有幾個怪異的紅色標示。

「危險區域，表示這些地方以前發生過古代戰爭，就像采巨人島，有的地方會因戰爭空間錯亂而永遠消失，孤島就是這種狀況。」夏碎學長爲我解釋道：「不過這是公會的警示標記，我想附近應該有公會的設置點，應該能用紫袍申請直接通道轉移，這樣會省下很多麻煩。」

正想說「那就快申請吧」的時候，房門被敲了幾下，我趕緊去開門，花妖精帶著微笑站在門口，手上捧著一個水晶小匣子，然後開口：「我王曾經遊歷過那片海域，當時在附近一帶有座標點記錄，能用術法直接到達，這是傳送水晶。」

「謝謝。」接過任意門，我開始覺得應該好好學一下時空術法了，這樣去哪裡旅遊都可以弄個走道，以後想去哪就去哪，有夠方便！

「別想了，可以在各地做這種標記的都是大人物，力量不是你這弱雞可以追得上的，更別說正規座標還要協調各地的守護者還有精靈妖精那堆東西，你有那種公關魄力嗎。」魔龍很鄙視地吐槽我的想法，不過也很實際地指出我做不到的那些。

「人因夢想而偉大啊，不行喔。」我槓回去，順便問一句：「這麼說起來難道你以前就有各地旅遊傳送點嗎？」

「本尊想去哪裡就去哪裡，你們這些弱小生物和規則才攔不住我。」魔龍丟了個變相承認的答案。

所以他的座標點就是不正規的。

我突然思考起鬼王的座標是正規還是不正規，話說如果掩蓋得好沒人發現的話，大概也不會有人抗議就是，這樣看起來應該也是非正規通道。

「如果準備好，隨時可以出發。」哈維恩接過匣子打開，裡面擺著一排六枚小水晶，每個裡頭都含有一個傳送術法，是消耗性物品，避免被有心人士取得重複利用。

「快去快回吧。」我點點頭，示意他可以啓動了。魔龍與米納斯回到手環當中，我們三人踏入第一枚水晶展開的黑色傳送陣，精緻優美的文字調動了時間與空間的流動，開啓貫穿世界的捷徑，讓我們離開獄界。

可能是因爲終點的位置離我們所在極遠，而且我們還是從獄界這個異界出發，所以轉移的時間意外地有點久，四周陷入一片黑暗，只有淡淡的銀色紋路正在緩緩流動。

基於這是鬼王替我們打開的通道，所以我想應該沒有危險性。

「你還好嗎？」

有點恍神在默背咒術時，我聽見旁邊哈維恩的聲音，猛一回神他正在和夏碎學長說話，後者按著額頭，微笑地對夜妖精搖搖頭。

「夏碎學長你昨天有受傷嗎？」這時候我才突然驚覺自己忘記昨天那回事。學長和夏碎學長是結束一個工作過來支援的，後來因爲那是公會任務所以我先離開，都忘記他們搞不好有受傷之類的。

「這倒是沒有，冰炎最近比較少亂來了，所以我們受傷率變低許多。」夏碎學長露出安撫性的笑容，示意我們不用太過緊張。「畢竟這個人類身體進出黑暗世界還是多少會有些影響，前幾次離開時也稍微會暈，過一會兒就好了。」

「請讓我檢查一下。」哈維恩不容反駁地直接按住夏碎學長的額頭張開探測術法。

夏碎學長沒反抗，只帶著淡淡的笑讓夜妖精檢查身體狀況。

過了一會兒哈維恩才收回手，轉向我報告：「除了原先身體的舊傷以外，確實沒有其他問題，應該是人類體質脆弱，才會有短暫的不適。」

「唔……」我看著夏碎學長，還是有點不太安心。不過在獄界時鬼王已特別針對我們的身體設下各種防禦，所以應該是真的不用擔心毒素影響。

這時就可以確認我身上真的有黑色種族的血液無疑，我沒有發生過這種狀況，不管去獄界或妖靈界。

就在有點猶豫的氣氛下，傳送陣終於到達目的地。

鬼王預設的地點是目標海域附近的小海島，小島面積不大，從一端走到另一邊不用二十分鐘，上面除了兩、三棵矮樹之外就什麼都沒有了，看過去一望無際都是海，視野良好。

「距離孤島還有一段距離，應該能用術法接引過去。」記住整張地圖的哈維恩很盡責地擔任起嚮導工作，在茫茫大海中的小島嶼上很快地定位好方向。「但是無法確認孤島周邊海域是否安全，貿然過去可能也會有危險。」

這時候我突然想起薇莎他們，說不定走正常管道可以請求海上組織幫忙，或是向他們詢問點關於孤島這邊的狀況，可惜我們這次走的不是什麼正規道路，是鬼王逕自設置在白色世界的通道，某方面來說這還是白色世界的大忌，要讓他們知道鬼王放置了幾乎類似鬼門一樣的傳遞通道，大概會嚇死一大堆白色種族。

然而這也可以說明了雖然殊那律恩已經不在白色世界，但私下還眞的是有很多白色種族和他結盟、信賴著他，否則不會任由他這樣記錄位置、四處亂跑。

「稍微等待一下吧。」夏碎學長張開手，幾隻白色小紙鶴從他掌心飛出，每隻小紙鶴的尾部都有條微微發亮的光線，就這樣拉著線四面八方地往大海散開飛去，如同拉出一張分散的網路圖。

以前有用過百句歌的探路魚，可能是因爲這邊海域更廣、限制多，所以夏碎學長採用了其他更有效的方式。

「米納斯，妳也探查看看。」我取出幻武兵器打出幾發子彈，大量水泡泡飄出海面，隨著風不規律地飛走，而米納斯的幻影出現在我身邊，巨大蛇尾捲繞在小海島上，優美的靈體閉上雙目，微張雙臂，順便吸收周圍濃郁的水氣。

開始正式向他們三位學習後我才發現原來自己以前還眞的很虐待我的幻武兵器，如米納斯這樣的水屬性其實很需要補充水系力量，當時因爲我不懂這些，米納斯也由於擔心我，並沒有特別要求，都是自行趁著我平常梳洗或飲食時擷取微薄的水氣息；而老頭公則是各種元素都喜歡，放哪邊他都自己吸一點；魔龍則是要大量的精神力和黑暗——然後超級會吃，用他的話來說就是我太沒用了負擔很大，所以他要用食物轉化能源支撐自己的運作，幸好這幾個月我都在獄界穿梭，所以他也吸了不少黑暗加以儲存。

三個比起來，就屬魔龍最深不見底，我從公會那邊得來的力量全都塞在他的小飛碟裡，目前還沒填滿，想想其實滿可怕的。

只能說幸好他到現在都還沒有邪惡的意念。

閒著時我也沒偷懶，跟著米納斯一起吸取一些水傳遞來的力量。這是魔龍和鬼王教的，說反正我因爲效忠誓言的關係不能隨心所欲調動黑暗，所以就只能專注另外開發可以使用的力量，除了精神力以外，就是我比較突出一點點的水了——雖然大部分都是米納斯在用。

「你已經確定要培育水術法了嗎？」夏碎學長走過來，點出幾張靈符，四周瞬間水氣突然變得更加濃郁了些，好像在穿過靈符張開的結界後被精煉了，吸收起來舒服很多。「這是以前水精靈送給我的萃取符，能短暫引動周圍的大氣精靈幫忙提取力量，提升結界內的水氣，讓水精靈們得以事半功倍地休息回復。」

「嗯嗯，畢竟米納斯是純水的武器，體質一致好像可以提升更多威力。」我感激地接過對方遞給我的其他幾張精靈符紙，小心翼翼地收好，打算哪天如果能去到更純的水種族再開來給米納斯用。「還好當初學長送我的是米納斯……不過學長怎麼會有這個啊？」

「他也是在任務取得的，不過當時贈予的人說過武器會自己尋找主人，或許就是應驗最終會傳遞到你手上吧。」夏碎學長看了看透出水色微光的米納斯靈體，笑著說：「確實，你的幻武兵器不管哪一位都相當特別。」

「夏碎學長的幻武兵器不會這樣嗎？」我好像還真的沒看過幾個人的幻武會這樣不時跑出來逛大街。

「冬翎相當寡言，只有特定時間會以靈體現身，大多都是像這樣補取屬性力量時。」夏碎學長也和我閒談開了，很隨意地聊道：「藥師寺家族有著適合他的屬性領地，我們每半個月會前往一次，小亭也很喜歡那裡。」

「那……」我皺起眉，收起剛要開口的話題，感受到四周海域湧起一股怪異氣息，同時戒備中的哈維恩已握住彎刀擋在我們面前，一旁的夏碎學長收回符紙、停止大氣精靈們的動作，一起凝神警戒溫度慢慢降低的空氣。

海潮波動的聲音越來越小，拍上小海島的浪花像被轉動音量鈕，與外界動靜一併逐漸消失。

米納斯睜開眼睛，這瞬間我可以感覺到剛剛放出去的泡泡被急速破壞，一個個在海上蒸發，而夏碎學長那邊飛出去的紙鶴光線立時全部斷開，而且還有另一種紅線反向追著光線衝過來，不過才剛爬上海島就被一鞭打得四散星滅。

「來了。」哈維恩瞇起眼。大白天在個什麼遮蔽物都沒有的小島上對夜妖精來說十分不利，然而他還是在某個東西跳出海面時第一個衝上去迎戰。

「某個東西」是一大團烏漆墨黑組成的團狀物，有點人形模樣，不過大量發黑的腐爛布條、海藻、腐敗魚蝦等等的古怪廢棄物糾纏在「它」的身上，一時之間無法辨認到底是什麼，只能感覺到這玩意身上源源不絕傳來死亡的氣息。

我第一時間直接連繫對方精神，沒想到這東西一點意識都沒有，不知道依據什麼活動，且在短短的幾秒間周圍又跳出好幾個一模一樣的物體，撲過來時直接撞在老頭公的防禦壁上，變質的污水整灘砸上來，密密麻麻的寄生蟲在保護術法上蠕動，看得人雞皮疙瘩整個炸起來。

「哈維恩快回來，不要近身戰！」我連忙喊回正打算一刀把那團東西砍成兩半的夜妖精。這些怪東西上有大量這種蟲子，砸一下就滿保護壁上都是，砍掉還得了！

聽見我的叫喊，哈維恩立刻退回老頭公的保護當中，我握住小槍往附近幾隻怪東西打出王水彈的同時，夏碎學長也點燃火符，帶著火焰的小刀接二連三射進越來越多怪物腦袋裡面，熊熊火焰轟地下吐出幾乎一層樓高的火舌，瞬間與王水把那幾團東西燒掉大半，直接露出底下的眞面目——人形骸骨。

會說人形，是因爲這些骸骨和人類又有些不太一樣，每具身上都有某方面的變異，有的是手腳很長，有的是長得如同動物，總之就不是正常人類的骨頭。

還在思考這是什麼玩意時，我的手臂突然被打了一巴掌。

「小心。」夏碎學長攤開打我的手，掌心上居然有一隻剛剛看到的那種寄生蟲。這東西長得很像放大版的塵蟎，尖細的腳爪上沾了一絲被挖出來的血跡。

層層保護之下，蟲是怎麼進來的？

還沒想出個所以然，我突然腳踝一痛，拉高褲子才發現不知何時一隻寄生蟲已咬在我腳上，原本我們踩著的砂礫出現各種騷動，一顆顆細小的沙子翻過來，竟然就是那種詭異的寄生蟲，而且還蔓延散出血腥氣息，打開了一面血色陣法。

陷阱！

我最後的意識只看見米納斯的蛇尾往我們三個人捲上來。

然後便陷入黑暗。

第三話　祭壇

悠悠轉醒時，我先聽到的是魔龍的各種碎碎唸。

「……醒……快醒來……」

掙扎了半晌，好不容易用力握住手掌，我吃力地睜開眼睛，發現身上纏繞好幾條黑色鐵鍊，散發著死亡腐朽的氣息與惡臭，怪異的重量壓在我身上，竟然封鎖了大部分力量和力氣，就連可以自己蹦出來的米納斯他們都跟著動彈不得。

這是什麼東西？

勉強轉動腦袋，四周雖然很暗，不過隱隱有些弱光，藉著這些光習慣環境後可以看出這是一個很大的洞穴，周邊有大量鐘乳石；應該是地下洞穴，因爲隱隱可以感覺到一些向下傾流的水氣和風，溫度也很低，老頭公他們力量發揮不出來後我身上掉了很多保護層，被冷得都起雞皮疙瘩了。

魔龍似乎想警告我什麼，但是詭異鐵鍊的壓制讓他的聲音又淡下去。

夏碎學長和哈維恩呢？

更有力氣之後我小心翼翼地撐起身體，這些鐵鍊好像會吸食力量，讓人又暈又沉重，就這麼一個動作也搞得我氣喘吁吁，差點又倒回去。

坐起來後很快就看見哈維恩倒在我附近不遠處，身上也被這種鐵鍊綑住，平常縈繞在身上像盔甲的黑色力量幾乎都快沒了，看來一樣遭到鐵鍊的吸收。左右張望了一會兒，我找不到夏碎學長，不過看見約一百公尺的地方有稍微明亮點的光，那邊有條走道，通向不明之處。

洞窟裡似乎沒有看守人，可以看到幾具骸骨散得亂七八糟，很可能是在這裡被鐵鍊吸食之後的犧牲者。

……所以當務之急得快想辦法弄掉這個鬼東西。

我試了一會兒，果然全身力量都被封鎖，不管想調動什麼都沒辦法，就連想用精神捕捉看看附近有沒有生物也探測不出去，更別說啓動那些毫無反應的靈符。

「哈維恩……」努力地想移動過去，結果才爬了兩步馬上掛掉，我渾身無力地趴在地上，再次確認鐵鍊眞的會吸走力量，而且感覺不到怎麼吸的，力氣什麼的完全崩潰，意識也開始有點渙散。

這樣下去眞的會慘！

「噗唧。」

「？」

我愣了下，才發現有個火紅色的小東西蹦出來，直接趴在我面前與我四眼相望。粉紅——現在其實應該叫火紅壁虎了，眨著烏黑的小眼睛，歪著腦袋。

重柳的事情過後，這小東西越來越嗜睡了，平常幾乎都睡在我身上某個口袋或是空間裡，一整個月偶爾也才見牠爬出來幾次吃東西，而且從原本的飼料吃到火符——有一次正在畫備用火符時，就看到這傢伙把我畫好的都啃了，連火屬性的水晶都嚼下去，身體越來越紅。

「危險，快回空間裡面。」

……等等，我的力量都被封鎖了，牠怎麼從我的空間爬出來？

「噗唧。」火壁虎停頓了下，接著發出打嗝般的小小聲音，一顆ＢＢ彈大小的火紅色珠子從牠嘴裡滾出來，一邊滾還一邊真的起火，直到碰撞上其中一條鐵鍊才停止。

「嗝、呸、噗唧。」

幾個聲音後，滾出更多小火球，就這樣一小團黏在鐵鍊邊，滋滋作響地燒著鐵鍊，不到幾秒，「鐵鍊」居然好像被燒痛，部分蠕動掙扎起來，很快就散開；直到這時候我才發現原來鐵鍊根本是小海島上遇到的寄生蟲組成的！

火壁虎跳到我身上，蹦來蹦去地開始往鐵鍊上吐口水，岩漿一般的口水一沾到鐵鍊馬上燒起，把那些小蟲子燒得四處亂跑，不用一會兒，我身上的鐵鍊竟然各處都鬆動了，而且原本屬於我的力量開始重新聚集到我身上，迅速凝結起來。

第一發子彈可以打出的時候，我對準的是我的身體，米納斯濃縮王水炸開，但是很有技巧地完全沒有觸碰到我，隔空把那些小蟲子腐蝕溶化，隨著第二發、第三發子彈射出，我終於快速把一身「鐵鍊」清掉，魔龍他們的聲音也終於浮現出來。

讓火壁虎回到我的口袋裡，順手塞了兩顆火水晶給牠當零食，我轉頭往哈維恩身上擊出幾發王水子彈，讓米納斯去清理那邊的寄生蟲。「這是什麼東西？」

魔龍的小飛碟轉出來，順便回答我：「食魂蟲，嘖！」

「……？和食魂死靈什麼關係？」之前被各種相似名字騙太慘了，我立刻提出近親疑問。

「食魂死靈的雜碎，有些被分解的怨靈沒消化乾淨，就會變成這種小蟲子，沒有自我意識，只會一直吞食生命力來繁衍，製造更多純粹的邪惡。喔，因爲只是大便出來的雜碎，連靈魂都沒有，所以你也調動不了。」魔龍很快地解說那些讓我快要密集恐懼症發作的東西，順帶說道：「所以這附近一定有食魂死靈，你小心點。」

我皺起眉，思考著殊那律恩他們知道這件事嗎？

不，他們應該不知道，否則絕對不會讓我們來這個地方，而是他們會親自過來收拾食魂死靈。這也就是說，食魂死靈是在鬼王他們來過之後才被設下的……挖了這個陷阱，是想捕捉他們嗎？

短暫猶疑之間，被解開的哈維恩也清醒了，不到幾秒立刻反應過來我們所在之處的危險，撐著還沒完全恢復的身體快速爬回我身邊。

我把魔龍的話轉告夜妖精，果然他也皺起眉。「先與黑王取得聯繫，我們三人恐怕無法對付太強的食魂死靈……」

「我也是這麼覺得，可是這裡好像被斷網了。」我試著想要使用黑王設在我身上的連繫，結果完全連結不上，連靈符通訊都沒反應。

「有空間隔離結界。」哈維恩很快發現問題點。「我們所在的空間維度被移動了，必須快點找到破除口。」

「本尊去探查看看吧，你們先去找藥師寺那個小孩。」魔龍說了句後，小飛碟很快就飄走了。細小的動靜引起地上纏著骸骨的鐵鍊蠢蠢欲動，我對那些地方補開幾槍，用王水淨化一下這些碎碎的大便。

被魔龍一講感覺變得超不衛生。

五分鐘後，哈維恩已經行動自如。

我們兩個看著透出微光的道路，決定直接往那邊走，畢竟這地方除了那條路就沒有其他出口，更別說還得找夏碎學長。

洞窟通道並不筆直，是有點彎曲回轉的，而且走一段路後還出現岔路，對這種黑暗道路沒概念的我只好完全讓夜妖精發揮，幸好他很熟悉各種陰暗，哈維恩像是在走自家庭院一樣帶著我左轉右繞，一條死路都沒碰上。

話說回來，如果有食魂死靈，那這裡應該充滿亡靈才對吧？為什麼我捕捉不到黑色存在？更別說邪惡的食魂死靈本體，完完全全沒有感覺。

是因爲有防止被外人找到的某種術法嗎？

「噓。」走在前面的哈維恩猛地止步，快速往我們周圍點下嚴密的保護術法。

幾秒後，我們前方不遠處的岔路中有某種東西突然緩緩移動，因爲道路深處很黑，只能看得到一點點輪廓，根本看不出來是什麼，體積像頭牛，移動時沒聲音，而且如果不是哈維恩發現，我竟然連一點感覺都沒有。

等到那東西終於爬走後，哈維恩才小聲地告訴我：「這裡的邪惡似乎都以咒術特別包覆起來，一絲氣息都沒洩露，只能用肉眼判斷，請你在我身邊跟好，不要隨意行動。」

就這樣我們繼續往七轉八繞的深處走了半天後，地下通道終於越來越寬，最終連結到另一個更大、更亮的空間。

這個空間比我們最剛開始待的還要大上三、四倍，周圍繞了一大圈鐘乳石和石筍，左側邊有條狹窄的地下河通過，中心被人處理開發過了，雕砌出大塊的平台與幾座不明用處的高台，台邊裝飾著石刻的燭台，每個台子上都放著一顆照明水晶，讓中心平台特別明亮。

一踏出迷宮，我很快看見我們要找的人。

「夏碎學長——」

剛剛找不到人的夏碎學長居然被丟在中心一座高台上，身上綑滿了蟲子鎖鍊，整個人趴在冰冷的石台面上，陷入昏迷沒有動靜。

才邁開步伐，哈維恩立刻抓住我的肩膀，將我整個人往後拖。

後知後覺的我這才發現，有個東西，正沿著高台邊緣緩緩向上爬……

我原本以爲那是隻食魂死靈，寒毛都快炸起。

然而仔細一看，那團東西雖然手腳並用、很像野獸在爬行，但是穿著破爛的黑色斗篷，款式雖然老舊不過很眼熟——就像黑術師穿的那些，只是這人身上的已經大半都變成布條，勉強纏在身上，外加那個詭異的獸爬動作，讓他看起來很像另一種生物。

黑術師顯然和我們一樣，身上都包覆著隱藏自己的術法，即使我們距離很近，我也還是察覺不到他的存在，更別說捕捉精神，只能眼睜睜看著他爬到昏迷的夏碎學長旁邊。

高台上的照明比較好，所以我們稍微能看見破爛斗篷帽底下的蒼白面孔——是個皮膚白得像屍體一樣、毫無血色的男人，意外的是他五官竟然還算好看，眼形有點單眼皮、細長眼，眉毛也是那種可能會受女孩們喜歡的濃眉，臉形稍削瘦，乍看之下居然有點韓國男星的味道；可惜眼睛混濁無神，還帶著血色的邪惡，再加上那種奇怪的獸類爬行，顯得極度詭異。

繞著夏碎學長爬兩圈後，黑術師在他右邊停下，低頭在他身邊嗅了幾下，隨即發出一連串低低冷笑聲。「……絕望的人類是最棒的調味……還帶來不少毒素……真棒啊……喂……還不醒來……」

黑術師粗魯地往夏碎學長臉上搧了兩下，直接把人打醒了。

昏昏沉沉之際，夏碎學長還是和黑術師對上視線，吃力地開口：「……你想做什麼？」

沒有詢問對方身分，應該是立刻就察覺這是黑術師，所以只問目的。

我焦急地想要靠近平台，但是又擔心會引起黑術師的注意，他們兩個現在靠得很近，如果被黑術師發現不對，很可能會朝夏碎學長下毒手，以這種距離，我們根本來不及救援。

哈維恩大概也是注意到這個窘境，捏了捏我的肩膀，示意我在原地不要亂動後，他小心翼翼地退入石窟陰影當中，很快失去蹤影，完全找不到他的位置。

「人類……你想要力量嗎？」

另一邊，黑術師還在繼續騷擾夏碎學長，死白的臉貼得無比靠近，不懷好意的聲音飄盪在整個地下空間，就連在我這個位置竟然都可以聽得一清二楚。這是語言附加誘惑力量，那個該死的黑術師正在嘗試扳動夏碎學長的心防。「你的宿命不是那麼容易吧……你這種身體能走多遠？脆弱……無能……用盡力氣還不如那些天生種族力量的存在……喂……甘心嗎？」

「……」夏碎學長閉上眼睛，直接偏過頭不搭理對方。

「母親嫁入大家族又如何……？你們以為能擺脫命運，不還是葬身在宿命……拚死拚活得到的這身能力……死了還不是沒了……沒想過軟弱無能過一生嗎……咯咯咯……反正你一生也很短……吃飽睡睡就死了……」

不知道用什麼方式，但顯然黑術師正在讀取夏碎學長的記憶，講出來的話讓我眼皮一跳，憤怒感無聲無息燒了起來。

「不過你另外一層血脈很有意思……有遺傳卻毫無用處……你憎恨眷顧你們家族卻獨漏你的那些存在嗎？就連你的親弟弟都比你有價值多……至少一群人裡面必須有人犧牲時……他絕

不會是被選上的那個……」

「我另外兩位同伴呢？」夏碎學長睜開眼睛，似乎完全清醒過來，然後慢慢地支著身體坐起，正好與那個黑術師平視。

「夜妖精和黑暗力量的人類嗎……他們很快就會成為食魂死靈的飼料……」

會以為我是人類通常與我身上的保護有關，殊那律恩替我製作了一套偽裝，讓我平常看上去就像有點力量的人類，其實就和深的偽裝有點類似。雖然我學會了控制，但是遇到比我強的還是很快會被看出端倪，這個特製的保護就是盡量讓強者看不透我的身分。

這麼一來便可以確定這名黑術師至少過去一年沒有參加黑暗同盟引起的戰爭，否則他或許可以透過我的樣貌發現我是妖師，而不是把我當成一般人丟在外面；另外也可以發現黑術師並沒有完全讀取夏碎學長的記憶，所以沒察覺我們三個的身分。

「與其透過我的夢境來述說這些無用的廢話，或許你可以直說來意會更省些時間。」夏碎學長看了眼旁邊的燭台，其中一顆照明水晶突然變得黯淡且綻出讓人感到不安的血光色澤。

「迷夢術，如果你剛剛沒把自己放進夢境裡，或許我還會遲疑。」

聽到這些，黑術師抬起手，一屁股在夏碎學長旁坐下，張開的嘴發出一連串嘿嘿嘿嘿的陰森冷笑。接著再次說出的話已經沒有剛剛的拖拖拉拉：「藥師寺夏碎，替身家族，雖然你有神之眷顧的父系，卻沒有被庇護，你憎恨嗎？不滿嗎？厭惡那些守護神嗎？」

「你會對這夢境有共鳴，是因爲你也曾經被拋棄過嗎？」夏碎學長沒有回答問題，而是反問了對方。「因不甘墮恨成爲鬼族，但是有天分修練成黑術師，你以爲遇見同伴了嗎？」

黑術師愣了下，哈哈大笑了起來，還誇張地不停拍著手掌，接著歪著腦袋開口：「不愧是公會紫袍，和聰明人對談果然輕鬆很多，看來我抓到很有趣的東西，雖然不是本來想要的。」

「本來想要的？白色種族？」

夏碎學長不知道是不是故意的，好像說反了，如果是鬼王的標點，那應該會說黑色種族才對。

「嘿嘿嘿嘿……你們不是也因爲如此才來的嗎，二十年一次的孤島退潮期，那些愚蠢的幻獸會來緬懷他們可悲的故鄉，我在這附近海域已經設下幾個陷阱，他們的靈魂都將成食魂死靈最爲營養的食物。」黑術師似乎很喜歡夏碎學長，竟然還跟他聊起天。「所以你別想逃，這裡是食魂死靈的搖籃，我有五個孩子正在飢餓狀態中，敢逃你就會成爲他們的零食，就像你那兩個同伴。」

所以其實那個陷阱不是要抓殊那律恩他們嗎？

二十年一次退潮期、幻獸會來緬懷故鄉，這和獄界那隻飛狼突然清醒想起孤島有關係嗎？

牠在渾渾噩噩很長一段時間後，因為退潮期到來，深深埋藏在本心中的記憶猛然甦醒，引導牠尋找傳說中的黑王，只希望能幫牠回到孤島附近看上一眼嗎？

是不是殊那律恩也知道這個退潮期，才要我們幫忙魔獸來看看？

只是鬼王大概沒想到會有黑術師蹲在這裡等著要捕捉幻獸，才讓我們踩到陷阱，八成黑術師看不出來標記是誰做的，直接誤認為是幻獸要方便回來故鄉做的傳送點，所以布置好這個坑正好抓到我們三個。

莫名有點衰小啊我說。

「所以，你要來當我的手下嗎？」

黑術師盯著夏碎學長，後者還沒回應前，他突然揚起手，直接在夏碎學長左手腕上切出條血痕，很快地鮮血湧出，流入平台上被怪異的石材吸收。「不然就當白色種族的祭品……這個祭壇渴很久了，先用你的血甦醒它，再用那些幻獸的頭顱來開啓。」

「你原先受到什麼神祇的守護？」夏碎學長只淡淡看了眼被放血的左手，異常冷靜地繼續說道：「神並無義務永世照看特定的人選，就連神自己都會墮落。」

「我原本……是個『神祭』，傳遞聖神的指令，讓那些愚蠢的人類四季都能豐收，直到那個神突然有一天什麼話都沒了，拋棄我們！他收夠了香火，說走就走，遺留下我們被人類丟石頭，說我們是騙子……」黑術師話語間帶出嗜血的厭惡氣息，毫不遮掩自己的恨意。「既然神拋棄那些人類，那也是他們自找的吧。竟然敢質疑我們是騙子，那就將他們的頭顱取下，用血來灌澆祭台，神背棄我們的信仰，那我也就將他的信眾全送給邪神。」

黑術師吐出泛黑的舌頭，舔舔乾澀裂開的嘴唇。「邪神給了我更多力量，白痴軟弱無力的人類就該一個個被吃食，成為我們黑色帝國的養分，什麼神的眷顧，那些存在只是恣意妄為的混蛋而已，否則為什麼要讓你有血緣卻得不到庇護？你在保護他們的神諭使者時，他們的守護神有幫助你不受傷害嗎？還是自私地看著你命絕，保全他們自己的使者？我相信是後者吧……看看你身上的傷、你身上的毒，你用什麼信念去保護冷眼看你送命的至上存在？」

「信念嗎……」夏碎學長突然淡淡地勾出微笑：「這就不用你操心了。」

黑術師張口爆出野獸般的嚎叫，同時夏碎學長身邊急速竄出長形的黑色物體，仔細一看竟然是單眼的詛咒蛇體，比我以前看過的更大了許多，幾乎已經是幾百尺的大蟒蛇長度，迅雷不及掩耳地甩了黑術師一個重擊，將他撞飛出去。

我抓住這個時間打出好幾發王水子彈，讓米納斯用最快速度腐蝕食魂蟲鐵鍊。

同時哈維恩擦過夏碎學長身邊，眨眼設下好幾層防禦結界，並且用上簡便的轉移讓我能第一時間到達他們身邊。

「夏碎學長你沒事吧！」趕緊扶住力氣還沒恢復的人，這一秒我錯愕了，眼睛直直地看著插在夏碎學長肩膀上的黑色短刀。黑術師被小亭撞飛的瞬間也出手了，然而我們卻沒有看見，就連蟒蛇都是現在才看到，發出憤怒的嘶嘶聲響。

直接拔出短刀扔到旁邊，夏碎學長和我們一起看著短刀在空氣中化爲一股不懷好意的黑煙後緩緩地吸了口氣，聲音不改波動地說：「沒事，只是輕微的惡意，很快就可以淨化掉，先小心黑術師。」說著，他幫自己手腕止住血，靜靜地維持休息姿勢等待力量復原。

黑術師摔下高台後直接消失在陰影裡，四面八方立即傳來大量小蟲子聚集而來的窸窣聲響，連天花頂上都很不樂觀。

「你們以爲逃得掉嗎？就這樣絕望悲憤地作爲死靈的一部分吧，哈哈哈哈哈哈——」

聽著黑術師囂張的笑聲，我召回魔龍，小飛碟群在我周圍散開，我專心地把加成力量反傳到二檔的槍上，凝結出一顆顆超級濃縮王水彈，同時讓老頭公配合哈維恩張開結界壁。

第一發子彈打出時，整個洞窟下起了王水雨，把那些食魂蟲燒灼得發出細微慘嚎聲，飄出的惡臭被隔絕在結界外。我閉上眼睛，和米納斯專心控制著王水，盡量不讓這些可以殺人的水珠掉在保護我們的防壁上。

小亭警戒著四周，黑色蛇體緊緊地在我們周邊一圈又一圈繞著，帶著流金光芒的黑色鱗片微微起伏，全身緊繃得可以馬上進行攻擊。

幾發子彈打下來，洞窟內的蟲子終於徹底消失，雨也越來越小，直到用罄。

不過，這也就代表真正的攻擊現在才要登場。

「在下面。」

發現食魂死靈氣息時，那東西已經離我們很近了，還咚的一聲直接撞上祭台底部，整座高台劇烈震動。

果然這裡的東西幾乎都被黑術師特別加上令人無法察覺的術法，離這麼近了我居然還不太能接上食魂死靈的「語言」。

「如果他扭曲前是神祭，那對於隱藏力量會很熟悉。」夏碎學長站起身，拍拍小亭的蛇身，詛咒體迅速縮小，纏繞到他的手臂上。「我們現在的狀況無法處理整隻食魂死靈，必須快點離開這地方。」

……更別說這裡還不只一隻，正常可以捕捉語言的我都還不一定可以完全應付。

「本尊有找到個薄弱的破口，不過你們得先從這裡離開。」魔龍小飛碟轉了圈，提醒我們下面有隻食魂死靈在撞台子。

正在傷腦筋要用什麼方式離開，一直沒說話的哈維恩猛然抓住夏碎學長的手臂，面色不善地盯著他：「你，真的沒問題嗎？」

「哈維恩？」我疑惑地看著對方。

夜妖精鬆開手，示意我們往下看——剛剛夏碎學長被放血後，石台吸收血液的位置出現了一小塊血色圖案，看起來好像是某種野獸的一部分，不過看不出整體是什麼。

「……你們兩個先去找出口。」夏碎學長在看見那塊圖案時眼神很明顯有瞬間閃爍，接著開口要我們離開。「我會先控制住下面的食魂死靈。」

「什麼意思？你的血被用來做什麼嗎？」因爲這狀況太熟悉了，我立刻警戒起來：「說清楚……魔龍，這有什麼影響？」

放棄詢問這兩傢伙，我直接抓住小飛碟，同時下方的食魂死靈又撞了下，祭台再次搖晃。

「這個祭壇是『活』的。」哈維恩搶在魔龍之前解釋，他大概是抱著必死決心不要輸給魔龍，飛快地說：「也就是正在運作中，黑術師用他的血喚醒這座祭壇，但我們不知道有什麼東西會回應，而且身爲血祭的人離開這裡不曉得有什麼影響，恐怕會很危險。」

眞是靠杯的黑術師！

我就知道他放夏碎學長的血不懷好意。

「結界還可以抵擋一陣子食魂死靈和黑術師，本尊下去看看這是啥鬼東西的祭壇，你們要嘛就快逃，要嘛就乖乖留在原地不要亂搞。」魔龍知道我不想把夏碎學長一個人丟在原地，從我手上掙脫飛開，轉了圈直接離開高台，很快地向下消失在黑暗當中。

哈維恩也沒再提先走的事情，直接拔出六靈刀，凝神戒備。

「你們眞是……」夏碎學長有點無奈地搖搖頭，點出幾張靈符飄在空氣中備用，就走到那塊圖案的旁邊，研究起線索。

很快地，下方的食魂死靈終於跳上來，體型比我想像的小一點，先前在四日戰爭見過的食魂死靈都很大隻，從箱型車到拖板車大小都有，眼前這隻大致上與牛差不多，朝我們的結界壁用力撞一下後，就開始在外徘徊，腐敗漆黑的身軀上轉出幾張亡靈面孔，不斷淒厲嚎叫。

黑術師有這麼好心派個小食魂死靈來威脅我們嗎？

我不認爲。

彷彿要印證我的想法，沒過多久，又有兩頭稍大的食魂死靈爬上來，這次它們的動作相當詭異，沒有來衝撞防壁，而是撲向第一隻小的食魂死靈，突然翻出血色大口一左一右地咬住，接著毫不留情將它撕成兩段。

我們瞠目結舌看著食魂死靈被自己同伴分屍，撕開的身體裡滾出好幾具已經扭曲到不像人樣的肉團，鑲在上方的猙獰臉孔噴出黑血毒素，在祭壇上痛苦地打滾翻動。

這瞬間我突然捕捉到它們的思考，食魂死靈被同伴撕咬時原本附加上去的隱匿術法瞬間跟著被破壞，我抓住這個機會立刻連結上那些打滾的東西。

好幾段血腥邪惡的記憶往我腦袋衝來，我在被侵蝕之前先拒絕了這些惡念，按著疼痛的額頭與其中一張變形的臉對上視線。「這個祭壇是什麼鬼東西？告訴我。」

肉團尖叫了幾聲，零碎的黑色畫面傳遞給我。

影像瞬間閃間出現一個奇異、形體有些扭曲的灰色輪廓，但是完全看不出來是什麼東西，只知道食魂死靈忌憚這個存在。

邪神？

不對，似乎不太像。

然而食魂死靈無法再提供我更多訊息，地上幾個肉團直接被另外兩隻踩得碎爛，黑色的血泥濺得大半祭台都是。

不知道爲什麼，我突然覺得它們是「故意」的。還沒意識到爲什麼要刻意這樣做時，一邊的夏碎學長突然大喊——

「褚！馬上離開這裡！這是破壞精靈術法要釋放遠古力量的邪神祭壇！」

我反射性轉過頭，看見夏碎學長和哈維恩臉色大變的同時，也看到祭壇角落毫不顯眼的位置上不知什麼時候蹲著一隻東西，灰色的輪廓，小小扁扁的，像是孩子般嬌小。

小心兩個字還來不及喊出口，那個小灰影已經出現在夏碎學長面前，飄浮著的小身體就貼在他懷裡，像個想要吸取溫暖的孩子般抬高起臉，發出語意不明的呢喃聲，接著臉部往夏碎學長的額頭上貼了下。

這些事情發生得太快，連哈維恩都沒來得及做出反應，夏碎學長直接倒在地上，連小亭都翻滾到旁邊，失去意識。

我快速接手往下飄的靈符，直接啓用裡面的光明術法。

小灰影馬上彈開，與我們拉出一段距離，但是沒有五官的面孔轉向哈維恩，虎視眈眈地等待時機。

這東西沒有臉孔，沒有力量感，甚至四肢都好像是模仿人形長出來的一樣，有點怪異地不協調。

釋放我，這世界將會如你所願。

細小淡然的聲音直接傳進我的腦袋裡，我在這瞬間毛骨悚然了起來，腦子好像被人掐住，全身感受到最低溫的冰冷。

這個聲音……

這個聲音的主人已經不在了。

他總是語氣很淡，就連死前都是這樣，什麼也不在意。

「給我閉嘴！不准用他的聲音！」我從光明靈符中抽出短刃，衝上前抓住小灰影的脖子，一刀插進它的頭顱。下一秒，小灰影卻在我手中散開，蒸發一樣消失無蹤，我回過頭，看見它出現在另外一端。

還沒對付那東西，它轉瞬又消失不見，很快地我就看見它跳到哈維恩背上，夜妖精也立即昏迷倒下。

小灰影再度跳開，慢慢地退到陰影處，這時我才發現外面那兩隻食魂死靈不吵了，像雕像一樣固定在原地，連動也不動。

這到底是什麼東西？

我強壓下憤怒和恐懼，逼迫自己用最快速度冷靜，然後盯著小灰影，將夏碎學長扶到哈維恩旁邊，設下結界保護他們。

釋放我，我就能重回世界。

小灰影再度傳來差點讓我神經斷線的話，小小的手掌抬起來，指尖指向我的手環——那顆紅色珠子所在的位置。

我立刻按住老頭公的手環，散出我身上的黑色力量。

「滾。」

小灰影停頓了幾秒，定格般僵在原地。

我知道我的力量不足以摧毀它，這東西真的很奇怪，連精神衝擊都對它無效，但它顯然忌憚光明術法，不太接近符咒圈出的安全空間。

整個氣氛僵持不下之際，另一個熟悉聲音竟然切破與外界隔絕的空間，筆直無誤地鑽進我的腦袋，雖然之前我覺得很煩，但現在我竟然非常開心聽到。

「喂？麥克風試音、麥克風試音，哈囉～褚冥漾專用天線是正常的嗎～～？」

臭色馬的聲音！

單向回不了話，不過這表示獨角獸竟然在可以傳遞聲音的範圍內。

「爲啥你會在這邊呢～有帶小美人來嗎？啊算了，這一帶好多陷阱，一定是因爲你太笨和那些小貓小狗一樣掉進去了，放心吧我們現在來救你了，有十秒的時間給你脫身喔～請把握機會～」

先不論色馬的聲音是眞是假，我極快召回小飛碟，抓住小亭丟到夏碎學長身上，把我和夏碎學長身上所有光明靈符都扔出來，幾十張白色符咒直接打開最純淨的光芒，就連被隔絕在防壁外的食魂死靈都發出哀嚎，受不了般直接跳出高台自體墜樓。

小灰影也快速退到祭壇邊緣，縮成了一團。

「來，預備備——」

我面前的空間被撕開一條狹窄裂縫，屬於海洋的風與海浪鹹味飄來，我在對面看到獨角獸的白色大臉。

二話不說，我抓住夏碎學長直接塞過去，另外那端好像也有其他人，很快就把夏碎學長和小亭拉走，接著是哈維恩。

十秒將盡，我撤回老頭公所有力量，跟著跳出裂縫。

裂縫快要關閉之前，黑術師咆哮的臉出現，想要跟出來的瞬間，一隻馬蹄踹在他臉上，直接把這邪惡踹回他的黑暗洞窟裡面。

於是，裂縫閉合。

第四話　瑟菲雅格上的故鄉

我在白色沙灘坐下，好幾秒後才回過神。

「還眞的是你，我就奇怪爲什麼會有和你的連結反應出現，這天線要在一個範圍內才能用的說。」式青大剌剌地轉成人類形態，流著口水靠到夏碎學長身邊。「果然帶著小美人……唉，小美人怎麼受傷了，快點帶他去治療。」

他後面這句話不是對我說的，我抬起頭，發現周圍居然有很多幻獸，光獨角獸就有三匹，還有長著翅膀的一對白色飛馬、幾匹飛狼，和好幾種我沒看過的小幻獸，圍觀般以我們爲中心繞了一個大圓圈。

「你們這是……」我甩甩有點暈沉的腦袋，剛剛本來想用精神衝擊那個小灰影，結果沒路用，反而損耗不少。

「你們才這是吧，怎麼會出現在這邊呢？」式青抱起昏迷的夏碎學長，旁邊的兩隻飛馬則是揹起哈維恩，一隻飛狼走出來叼起小亭，全體給了我一個「跟著走」的訊息。

從沙灘上爬起，我拖著腳步與這一大群幻獸離開，往不遠處的翠綠森林走去。「我幫獄界的魔獸來看一眼牠的故鄉……」因爲不是什麼好隱瞞的事情，而且和孤島有關，我就將魔獸的希望從頭到尾解釋了一次，也說明我們掉落黑術師陷阱的整體狀況。

式青聽完，沒有馬上回應我，只是帶著我們走到森林深處的一座湖泊旁邊。散發純淨水氣的湖泊裡浮出幾隻人魚，紛紛往岸邊靠，看著獨角獸把人放到平坦的白色石頭上方，後方的飛馬和飛狼也紛紛把哈維恩、小亭放上去並排。

「姊姊們，麻煩妳們替他們清洗淨化一下了，他們身上的詛咒有點嚇人。」式青對著人魚們苦笑，接著拿出幾片透明的葉子揉碎成粉，抹在兩人一蛇的額頭上。

我知道式青不會害他們，就靜靜地看著他幫忙處理，畢竟這方面我比較不拿手，得倚靠幻獸們。

「你吃這個。」盯著人魚捧起水替夏碎學長他們清洗，式青頭也不回地拋了一塊東西給我。

接住之後我才看仔細，是巴掌大的白色餅乾，上面沾著熟悉的精靈力量，可能有類似精靈飲料的用途，我便老實地一口一口嚼下，然後走到另一端，坐下來閉上眼睛，靜下心休息並調整自己的力量狀況。

過了一會兒，精神恢復許多後才有個聲音往我走來，睜開眼睛一看果然是式青，他揮開旁邊幾隻毛茸茸的幻獸，直接坐到我旁邊：「你們也太倒楣，如果早知道你們是幫飛狼族完成心願，就可以和我們一起等待了。這千百年來想要捕捉孤島幻獸的邪惡太多，我們每次退潮期都會組隊搜索附近小島，把一些誤踩陷阱的幻獸帶回來，幸好你們在被吃掉之前順利逃出來。」

「所以你真的是孤島居民？」我想了一下，好幾千年前沉淪的孤島，那表示這馬比我想像的還老嗎？這傢伙是不是都在謊報年齡！

「是啦，不過我被冰凍很久，現在你看見這些也都是近年從冰凍中甦醒的居民們，我們在世界各地尋找我們的同伴，當初會跟你們去旅行本來也想看看各種族裡會不會有。」式青掏出幾顆桃子遞給我，每顆都又大又香，我忍不住就接過，然後繼續聽他說道：「獄界的話……回不來了。」

「被冰凍是什麼意思？」咬了一口桃子，香甜的果肉與汁液立刻填滿口腔，我瞬間浮出詭異的美食幸福感，差點就被桃子收買心智。

說起來，四日大戰後就沒看見獨角獸了，後來才輾轉從公會那邊得知他在確認公會與學院聯軍獲勝後很快就離開了，沒有告知去處，也沒跟我們說再見，就這麼說走就走，好幾個月以來沒再聽過他的消息。

沒想到會用這種方式再次見面。

「叫你來的人有跟你們解說過孤島的故事嗎？」式青抓起顆桃子咬了一大口，似笑非笑的表情透出點淡淡的哀傷與懷念，好像透過記憶中的時空回到他的故鄉，但現實卻又身在此處，無法踏入。

「還沒來得及問其他人，想說邊走邊問，回去再另查資料，只知道孤島消失了，連入口都沒有。」夏碎學長和哈維恩應該是知道，不過出發時原本我是打算實地聽故事的，沒想到會被黑術師插一手，到現在還不清楚孤島的歷史。「如果你們不方便說也沒關係。」我還記得當初大王子開口提到孤島時獨角獸的反應。

「沒啥不能說的啦，就只是一段歷史，不過我還要去最後一波巡邏，叫個人來陪你說故事。」式青朝旁邊招招手，一隻軟綿綿的小白貓……應該是貓，如果忽略他頭上的角不說的話，小白貓直接往我們這邊跑過來。「這是黑牙，他會告訴你我們孤島的故事，離退潮還有一點時間，你可以在這裡好好休息。」

式青說完，起身變回獨角獸的樣子，領著飛馬和飛狼走了。

不知道是不是回到幻獸群中的關係，他從剛剛開始說話和舉止都變得穩重許多，不像先前旅行時那麼輕浮亂來，而且周遭的幻獸似乎也都臣服於他，乖乖地跟在後頭行動，莫名讓他有點傳說中獨角獸的神聖感。

「你好，我叫黑牙，是冰凍二代。」小白貓在我面前坐下，舔舔自己的前爪後歪著小腦袋，看起來超級治癒。「你的朋友因爲被邪惡語言誘惑，預計還要十分鐘左右才能淨化，你想從哪部分的歷史開始聽呢？」

雖然我很好奇他們口中的冰凍，不過如果要解釋這個大概會從故事中段開始，思考了幾秒後我開口：「從沉淪前說起可以嗎？」

「可以呀，沉淪之前，我們叫作瑟菲雅格島──」

❀

瑟菲雅格島──後來被稱作孤島。

就和我們取得的古地圖一樣，最開始這裡就是個相當平常的幻獸島嶼，因爲力量資源與生態系統豐富，各式各樣喜好和平的幻獸慢慢群聚過來，並盡自己所能地保護島嶼，使得瑟菲雅格島在戰火世界中成爲罕見的世外桃源。

「那時候幻獸群是以飛狼族和獨角獸兩族爲首，飛狼統整作戰性比較強的幻獸巡防瑟菲雅格，獨角獸就負責治理島內的安寧，還有替大家和羽族、妖精族溝通，也幫忙換取許多幻獸們想要的物品。」黑牙在地上刨抓出一個簡易的地圖輪廓，與我們手上有的古地圖差不多，然後在上頭標出幾個勢力地點，「羽族很好溝通，而且經常從外界帶很多有趣的故事、物品給我們，現在這個雲海島也是羽族做給我們的棲息地。妖精族的地域性比較強，不要擅自闖進他們的家園也很好相處，瑟菲雅格的妖精族比較混雜一點，大概有四、五種妖精族共組，帶頭的是雷妖精。」

幻獸島嶼最早是獨角獸的出生地，後來靈氣濃郁所以吸引越來越多幻獸種族，接著一小群羽族整頓了一些幻獸們比較罕少踏足的險峻山脈，製作成浮空山長住下來，隨後戰火中流離失所的妖精們在海上漂流陸續聚集而來，形成妖精的社區，就這麼共守起海上的夢幻城市。

隨著歷史推進與戰火燃燒，羽族們接到同伴的召喚與求救離開瑟菲雅格前往戰場支援，不少幻獸也跟著進入世界，與戰士們締結契約共享力量，在當時成為一支破空而來的利刃，殺得邪惡措手不及，搶救下很多燃燒的部落、城市，協助許多受傷的柔弱幻獸前往瑟菲雅格躲避。

可惜，幻獸們最終還是太單純了。

「他們當時沒想到會有邪惡混在我們同胞裡進了瑟菲雅格島，等到瘟疫與毒素大肆散播傳染時，已經有很多幻獸死亡，邪惡軍隊就這樣席捲全島……我們的水源被污染，森林被焚燒，神與精靈的祝福遭到撕碎，淨化的生命水晶也被破壞，純潔的幻獸屍橫遍野，勉強擁有抵抗體質與術法的幻獸被屠殺，羽族和妖精更是被碾碎成泥、連原本的形體都看不出來。瑟菲雅格的黑色戰火在海中燃起，陸地上的種族們來不及支援就已結束。」

黑牙的講解雖然很簡短，但也清楚說明了當時滅亡的原因。「我的父母說，那一天，大地上全都是屍體，不論走到哪裡都是血，各種顏色的血最後統一被染成黑色，奮力抵抗的飛狼族翅膀被撕下來，毛皮被剝去取樂，想淨化島內毒素的獨角獸被折斷獨角，斬斷四肢丟進海裡，後來殘存的羽族們打開最後的永恆術法，封鎖整座島嶼不讓邪惡衝出去。同時將僅剩無力逃離的居民們以時間封鎖冰凍起來漂流到海上，永凍會凝止居民們的時間不受外力破壞與殺傷，才終於從邪惡的刀刃中生存下來。不過當時因爲外界也連年戰爭，有一部分的永凍居民被捲入深海，造成救援甦醒時間不同，陸續被救起回歸到世界上的時間點也都不一樣，我們也有同伴是最近一、二十年當中被解除冰凍找回來的——很多黑市故意不交出來，以高價賣給無良的人作爲擺飾，使我們只能四處奔波尋找同胞。」

「冰凍術法只有特定的人才可以解嗎？」按照黑牙的說法，我發現那些被凍起來的幻獸不是「自己醒」，而是「被喚醒」，所以才有先前式青說他和我們旅行多少也是想找同伴的因素在裡面。

「沒錯，必須要羽族的人，或是曾經住在瑟菲雅格的獨角獸、飛狼或妖精，因爲當時好多妖魔都在追殺大家，所以永凍者有血的限制，避免被邪惡打開沉睡進而殺害。」黑牙用力點點頭，補充道：「式青哥哥一直在世界各地遊走，找回好多人，包括我的父母，我母親被冰凍時懷了我，解除後才生下我，所以我是這裡的二代，現在要把這些故事傳承給我們的下一代，瑟菲雅格的後裔要世世代代記得我們的歷史，我們相信總有一天瑟菲雅格島會再次成為幻獸們的庇護地。」

沒想到式青有這層背景，不過我又想起我第一次遇到他的那幅畫面……算了還是不要告訴黑牙，以免小孩心中的英雄夢破碎。

畢竟誰也不想知道自己的英雄會趴在地上匍匐前進偷看人魚玩水。

這麼一來，我對孤島有了初步的認識。

按照黑牙與其他人的說法，瑟菲雅格島最後是因為島上的戰爭破壞了一切，直到整座島嶼帶著黑暗與血腥，在因為戰爭錯亂的時空中永遠消失蹤影。

孤島直接蒸發了，不論是傳說或者歷史記錄，完全找不到孤島的入口。

「不過每二十年一次的大退潮時期，我們可以從空中看到故鄉的影子。」黑牙比劃著：「這個很少記載，外界的種族們不太知道，在高空中的某個空間維度能看到在一片水霧中的島影。所以每二十年我們就會來等待孤島出現影子的那天。」

「原來如此。」我思考了下，覺得獄界的飛狼應該是先前也會回來看孤島的一員，後來因不明原因扭曲了，流落在黑色世界，直到二十年將至，牠又強烈地回憶起故鄉。等等，難道牠的扭曲是因爲我們遇到的那個黑術師？

我突然起了一身雞皮疙瘩，接著用力回想我在那個洞窟看過哪些東西，要養育那麼多食魂死靈就表示裡頭冤死過太多亡者，扭曲的靈魂又被食魂死靈追殺並呑吃，滿地的骸骨中不全都是人形，這就表示飛狼眞的很可能誤入陷阱，但僥倖從那個地方逃出來，可惜已經扭曲成鬼族，就此落進妖靈界和獄界。

媽的，果然應該想辦法當場把黑術師弄死。

他們造成的悲劇持續千萬年，卻仍然樂此不疲、不斷循環，究竟有沒有方法可以把他們處理掉，一勞永逸，永遠不會再生？

「你的朋友醒了。」黑牙站起身，長長的尾巴隨著他的動作擺動了下。

我抬起頭，正好看見哈維恩一臉擔心地往我們這邊走，前方是隻小獨角獸在幫他帶路。

「夏碎學長呢？」我立刻站起身迎上去。

「還在本來的地方，人魚擔心他的傷勢，要求他多待一會兒。」哈維恩皺著張臉上上下下檢查我，確定沒問題後才鬆了口氣。「那個鬼東西沒碰到你嗎？」

「沒，摸到之前就被式青他們救了。」我稍加描述當時的狀況及幻獸們的幫助後，才問道：「你們那時候發生什麼事情？」

「我也不太清楚，那絕對是某種邪靈，接觸到的瞬間我只感覺到很冷，而且好像看見了沉默森林，之後就什麼都不知道了。」哈維恩咬牙，相當懊悔地沉下聲音：「沒想到會有這種存在，那個祭壇下面埋藏的絕對不是什麼好東西。」

我想問魔龍下去探查時看到什麼，結果他完全沒回應，不知道是在休息還是怎樣，在心裡喊了幾次還是一片靜默，我就決定先過去看看夏碎學長了。

過去時夏碎學長正好結束治療，從水邊的石頭上離開，小亭似乎已回到他身上某處不見蹤影，腳邊有兩、三隻毛茸茸、兔子似的小幻獸繞著他轉圈。

重新解釋了現況，夏碎學長也回覆我的問題，他的答案與哈維恩很類似：「被那個物體觸碰到的瞬間全身似乎墮入冰庫，隨後失去所有知覺。令人在意的是我身上有不少守護術法，被黑術師捕捉時還能勉強運作，但那物體撲上來時卻連一個都沒有朝它發動。我想必須盡快回報公會此地的異狀，以及通報海上處理組織。」

話說回來，爲啥這些幻獸就沒通報？

地面緩緩震動。

我暈了一下，還以爲是暈眩，很快就發現是眞的土地在輕微震顫，而且不曉得是不是我的錯覺，我覺得天空好像有點緩緩地開始拉近了……

「啊，要移動了，請各位小心站好就行了。雲海島是羽族替我們製作的浮空島，所以我們平常是生活在天空裡面的喔！」黑牙小嚮導很盡責地解說：「飄浮期間各位請不要走到島的邊緣，不會飛的話摔下去會很恐怖的！」

原來這是幻獸們的天空之城嗎？難怪剛剛小白貓會特別說在空中有個空間維度可以看到孤島，原來他們都是這樣弔念故鄉的。

「羽族有特別製作結界壁，外界很難找到我們的浮空島，所以黑術師才把陷阱設在海島上，想捉集結回來的幻獸，但是他不知道我們其實是約定了集結地點要上雲海島，大概以爲我們都是在附近懷念看不見的故鄉。」黑牙朝我們喵一聲，示意我們三人跟上，然後扭身在前方領路。「雲海島的大小只有故鄉的四分之一，不過目前也有很多幻獸棲息在此地，多年來我們一邊尋找同伴，一邊保護受到捕捉、迫害的幻獸同伴們，讓他們能安心地在這裡生活。」

我看著四周，果然陸續看到了不同幻獸，有的很好奇地躲在暗處盯著我們，有的則是大大方方地跟上來走一段路，有的完全無視、繼續他們自己的散步或吃葉子；這些樹林或水流邊都可以看見獨角獸若隱若現的蹤跡，恐怕這裡還是獨角獸的主棲息地，所以數量遠比其他地方多很多。

要是被那些邪惡勢力知道，雲海島恐怕又要被擊沉了。

幸好四日戰爭對此地沒影響，我猜當時式青走得很急多少也是想回來確認浮空島的狀況。

對於羽族我的印象僅止黎沚，不過他身分特殊，好像被稱爲什麼古神，看起來小小的但是很會打、力量感很強，目前是個學生們不敢隨便招惹的老師之一。此外我好像就沒見過其他羽族了……或者被我遺忘了，反而是傳說中比較罕見的精靈、時間相關種族看了一大堆。

現在看來，如果放到我們原世界來說，羽族恐怕是個高科技種族，居然可以製作浮空島，這技術好像沒在別的種族身上聽說過啊！

仔細想想，以前聽到的羽族傳聞也是說他們住在天空領地，應該就是類似浮空島吧，印象上次聽見是達拓諾部族求援的事情了。這麼說起來，羽族的住所如果不是天然的浮空島，應該很多都是他們另外製作的天空之城。

技術宅啊！

改天應該問問黎沚會不會做，說不定也可以在學校做一個小的浮空島出來。

「褚。」走在旁邊的夏碎學長喊了我一聲，我立刻回過神，有點呆滯地聽他繼續說：「幻獸們似乎十分不願意雲海島被曝光，雖然我向公會回報黑術師與陷阱的存在，但雲海島一事我並沒有上呈……」

「我懂，我和哈維恩也會裝死的。」幻獸們一直沒求援，多半就是怕被發現有浮空島吧。夏碎學長這麼提醒，我便理解了他們的苦衷，不過他們怎麼不擔心某色馬被美色誘惑然後啥鬼都招供了呢？

「你們要裝死什麼啊？」隨著聲音而來的是巡邏結束、連走路都變成輕鬆小跳步的獨角獸，他身後跟著的幾匹同類與飛狼各自散開，大部分都遠離我們，回到森林裡歇息。獨角獸很直接地化成人形，走到夏碎學長面前摸了把他的肩膀。「唔……小美人你們遇到的東西很邪惡啊，要不要多住幾天，我幫你調整傷口影響呀。」

「謝謝你的費心，不過我想盡快返回公會了解處理狀況，畢竟黑術師與數隻食魂死靈的出現非同小可。」夏碎學長很開門見山直奔重點：「幻獸們先前如何應對？」

式青聳聳肩，不過細長的眼睛閃過一絲銳利冷光，是之前旅行時我沒見過的正經。「嘛，幻獸的力量沒有種族那麼強，而且我們大多數同伴都對黑暗和毒素很敏感，有的沾一點點就會死，所以那種存在太棘手了。以前飛狼朋友們曾經組隊前去討伐，結果被全滅，造成飛狼數量大減，只剩現在這些了，雖然他們還是想繼續剿滅威脅，不過我勸他們先在這裡好好地培養後代延續下去……我猜你們遇到的飛狼大概就是那時候的戰士吧。」

式青這個說法和我剛才的猜測一樣，我想想便直接發問：「那你們的空間能力是？」

「喔，那是我們獨角獸合力才撕開的連接隙縫，你也看到啦，只可以維持十秒，而且是在我們可以彼此連繫、知道確切地點的狀況下。孤島的幻獸們身上都帶有標記，我們可以很快找到彼此並確定位置，之前都是這樣救人的，你們反倒是個意外了。」式青對著我不懷好意地笑了幾聲，然後靠過來壓低聲音：「要感謝我的救命之恩的話，多介紹幾位大美人小美人就可以了呦。」

我直接一彎手，送這隻立刻原形畢露的色馬一個肘擊。

「可、可惡……你變強了啊……」獨角獸捂著肚子倒退兩步。

「不，對你沒有留情過。」以前的我大概沒想過這輩子會隨手就想揍傳說中的神聖幻獸吧。看看腳下那一團一團幼小的幻獸都被嚇得整隻豎起來，不知所措了。

「我懷念~懷念當年那可愛的小小孩。」式青開始悲鳴。

「滾吧。」還當年咧，一年都還沒過好嗎。

站在一旁把所有畫面都看在眼裡的黑牙這時才有機會插嘴，整隻已經嚇得變得很細瘦、戰戰兢兢地開口：「我、我還須要繼續帶客人們去、去地面鏡、嗎……嗎？」

「喔，我帶去吧，謝謝小黑牙，你們也快點過去吧，晚一點要開始退潮了。」式青蹲下身，搓了搓小白貓的頭頂，露出微笑：「說不定今年會看到希望喔。」

「嗯！」小白貓用力點點腦袋。

凝視著開心的小貓，我終究還是好奇地開口詢問：「爲什麼你是白色的要叫黑牙啊？」

「因爲我是黑色的呀。」小白貓說著原地蹦了下，在我還來不及吐槽的同時，本來軟軟的小動物直接吹氣般急速脹大，而且毛色還像被夜晚染過般快速加深。

九人座那種大小的長角黑獅子衝著天空「吼——」了一記巨大咆哮後，我完全明白他爲什麼叫這名字了。

還好剛剛沒有欺負小動物。

詐欺啊。

式青帶著我們慢慢步行時，夏碎學長與他聊了些浮空島的概況。

我在這期間也傳訊告知黑王現在這邊的處境，順便把米納斯和魔龍他們所見的記憶複製了一份過去。我總覺得那個小灰影很不對勁，不知道爲什麼一直給我一種「不是正常黑色種族」的感覺，彷彿是黑暗以外的東西，更別說食魂死靈明顯忌憚那玩意，當時下去看祭壇的魔龍又遲遲沒回應，只能希望鬼王收到之後可以確認看看了。

重複在心裡又喊了幾次魔龍，還是沒有回音，這讓我開始有點擔心他是不是出了問題，聽著旁邊獨角獸的人文風景介紹，我刻意慢下腳步走到哈維恩身後，夜妖精雖然不知道我想幹嘛，還是反射性地替我往前一擋，完美製造出視覺死角。

直接掏出一架小飛碟，我仔細檢查幻武的狀況，從陷阱中逃出的當下很倉促，而且也沒有太多異狀，直到現在抓近一看才發現小飛碟上的圖騰紋路淡了許多。某種不祥的預感立刻浮起，我連續轉換其他小飛碟，全部都一樣，圖紋淡了，有一架更糟糕，出現了細小裂痕……四日大戰這些幻武實體完全沒遭受過破壞，卻在此時好像被什麼襲擊過一般；我收起小飛碟、換出小槍，發現米納斯的幻武上也同樣有那種被攻擊過的痕跡，柄部有兩、三條極細裂痕，還來不及修補好。

這時候我身體已經有點僵硬了，抬起手檢查老頭公的本體手環，從以前戴到現在還下了黑火淵的黑色手環上，確實出現一小塊破損，我趕緊側過手，撫開老頭公的保護，檢查鑲在上面的三顆寶石——米納斯和魔龍的幻武大豆完好無損，算是不幸中的大幸，而第三顆血色的紅色寶石也安安靜靜地被裹在原位，沒有一絲受損，我才放下整個吊起的心，稍微鬆口氣，接著注意到自己整個背後都是冷汗，嚇出來的。

「怎麼回事？」哈維恩停下腳步，他一直在留意我的動作，所以也發現我在檢查幻武兵器和老頭公，很快就看見老頭公上面的損壞。「這是什麼時候被破壞的？」

我們兩個都停下的動靜已經太大，式青與夏碎學長立刻回過身來查看狀況，發現手環情況後他們臉色很快嚴肅了起來。

老頭公不單打過四日戰爭，他甚至在妖靈界、獄界和各種戰鬥中陪我一路走來，先不說越來越猛的結界能力，他本身的防護就已經很強了，在面對各種強者與威脅時都沒耗損過，令我一度覺得是不是撿到什麼神器，所以把幻武和紅寶石都放在他身上，沒想到現在他竟然裂了，可想而知震驚的不會只有我一個。

夏碎學長和哈維恩也立即檢查自己身上的武器，最後哈維恩發現他多把彎刀斷成了兩截，而六靈刀上有幾道刮痕；夏碎學長則是剩下的靈符碎裂成片，沒使用的幻武兵器鞭尾上也出現裂痕。而小亭似乎是人魚們洗淨修復過的關係，比較沒什麼影響，單眼黑蛇又恢復成小小一條，轉個圈繞在夏碎學長的手臂上。

我們幾個人面面相覷，一時之間誰也說不出來武器是在什麼時候被破壞的，而且連沒有用上的武器都遭到災厄，重點是，我們竟然沒有任何感覺，甚至和幻武兵器的精神連繫上也沒有異狀，若沒檢查這些，可能只以爲靈體們不想理人而已。

沉默中，我有個直覺，被破壞的武器和那個小灰影絕對脫不了關係，它還用未知的方式封鎖了幻武靈體，或是讓他們沉睡。

「我們必須離開雲海島。」夏碎學長很可能和我想到一樣的方向，對式青說道：「島上是否還有羽族的人留存？如果有的話，請你們馬上針對我們三人行走過的足跡做封鎖，同時改變島上的結界守護。」

「你們和我來。」式青吹了記口哨，很快有兩隻飛狼平空出現，剛剛的小白貓又重返，戒慎警戒地排開。「黑牙你去雲上島報告這件事情。」

兩匹飛狼蹲低身讓我們上去，幸好飛狼的體積夠大，我和哈維恩共騎一匹還有很大的空間，式青則是跳上夏碎學長那邊，確認乘客都坐穩後，飛狼們展開翅膀，猛然上衝的速度出乎我的意料之外，差點沒抓穩滾出去，身後的夜妖精立即拽住我，否則我就得來一場妖師空中墜落的表演了。

隨著飛狼們在天空的高度漸高，我跟著慢慢把整座雲海島收入在眼中。其實就真的滿類似很多創作中會出現的那種天空之城，巨大的島嶼飄浮在雲之上，整座碧綠的小島圍繞著非常濃郁的光明與風屬性術法和氣息，看不見的風編織一層又一層的結界陣法，將整座島如珍寶一般緊緊包藏在懷裡，不斷流動的空氣銜接著大量幻術，眨眼就能隱藏小島蹤跡；而在浮空島距離我們較遠的一側，隱隱約約還有座更小的土地飄浮在上方的雲海裡，我猜那應該是式青提到的「雲上島」，很可能就是留存羽族所在的位置。

飛狼們側過身體，動作一致地大張翅膀，讓氣流將我們送出巨型結界的範圍，很快地整座雲海島就消失在視線裡，只剩下平凡無奇的落日霞色。

穿過雲層、降低高度，毫無邊際的大海倒映著夕陽餘暉，拍起的浪像是細碎的金粉一樣閃閃發光。

一隻黑色的小蝴蝶不合時宜地出現在我身邊，高空的劇烈氣流差點把牠打飛出去，不過小蝴蝶很執著地趕緊落到飛狼身上，可能用盡生平最大力氣抓住幻獸，沒頭髮粗的小腳被吹得似乎都快折斷了。

這時候我聽見熟悉的聲音傳進耳裡：「你們立刻離開浮空島。」鬼王的聲音。

我頭皮一麻，連忙抓住那隻差點又飄走的小黑蝶，牠眞的很小，只有一元銅板的迷你袖珍，我都怕不小心把牠捏死，只好很小心地用兩手做了個球狀，把小黑蝶包在裡面，後頭的哈維恩見狀，馬上抓緊我，沒讓我跟小蝴蝶一起跳海。

殊那律恩應該是收到我的傳訊，但是他回答得太快，居然直接派出小使者傳音。

「我們剛……」

正要說剛離開，並行飛在另一邊的飛狼突然發出嚎叫，我還沒反應他們發生什麼事，先看見的竟然是那個詭異的小灰影不知道從哪裡出現的，竟然直撲坐在前面的式青。

後方的夏碎學長反應很快，反手把式青推下飛狼，自己也跳了下去，躲避開小灰影的攻擊，不過被觸碰到的飛狼已經失去意識，失去飛行能力，張著翅膀和另外兩人一起往下墜落。

倉促之間我只聽到手掌裡的小黑蝶發出冷冷的警告：「那是邪神碎片！放開手！」

小灰影朝我撲過來的同時，我打開雙手，小黑蝶立刻被飛狼躲避掀起的風捲出去，直接撞在小灰影臉上，一個黑色術法從黑蝶翅膀上打開，蜘蛛網般罩住灰暗的碎片體，將它困在其中，爭取短暫的時間讓我們遠離。

同一時間，我看見下墜的夏碎學長並沒有慌張，迅速地調整好自己的姿勢後取出一顆水晶，水晶裡隱約有指甲大小的木偶，掐碎之後猛然衝出一隻巨鷹，比飛狼還大的猛禽接住夏碎學長與式青，然後抓住昏迷的飛狼，身體一轉，極速往海上某個黑點俯衝。

我們這邊的飛狼看了眼被困在空中的小灰影，馬上也用最快速度急追巨鷹的屁股。

飛出一大段距離，後方的小黑蝶終於撐不住了。

爆炸聲響從我們腦後傳來，邪惡逐漸逼近。

第五話　要不要開？

巨鷹最終的黑點目標是一座小海島，與我們之前剛到時的小島規模接近，不同的是上頭鋪滿了大量白沙，其餘什麼都沒有。

率先落地的巨鷹瞬間消失，恢復成一小塊人偶被夏碎學長收回，看樣子很可能是式神一類的存在，以前很少有機會看夏碎學長用這些，倒是看過千冬歲的。

載著我們的飛狼順利將我們送到定點後很焦急地用爪子推了推牠的同伴，昏迷的飛狼還活著，大概就像之前哈維恩他們被弄暈一樣，但也必須快點讓牠們回去淨化才行。

「小心！」

就這麼短暫眨眼的時間，那隻小灰影已經衝到我們面前，不過還沒靠近我們就先撞到小島周邊被開啓的結界壁，發出「哐」的很大一聲，帶有聖光氣息的保護陣法顫動，可見來者的衝擊有多強。

我和夏碎學長身上光明系的符之前都用光了，剩下的也都遭到破壞，一時之間還眞沒有可以立竿見影的東西可以拿來揍這鬼影。

夕陽即將完全離去，海面上也越來越黑，時間與空間轉眼就成爲夜之帝國的領域——也是夜妖精的主場。

小灰影無法馬上闖進來，就在小島外徘徊，原因不明，很執著我們。

圓月在夕日下降之後上升，帶來黑藍色的夜空與銀光。

「別靠太近。」哈維恩拉了想走到小海島邊緣的我一把，然後警戒著小灰影，那團東西就像土著一樣在結界壁上蹦跳，偶爾還會消失蹤影瞬移到另外一側。「我爲您讀取黑夜，或許調動夜的力量可以驅逐邪神碎片。」

「你們稍等一會兒。」夏碎學長說道，從他的小空間裡取出幾張米色紙張，看起來是符紙的樣子，不過意外地沒有和靈符一起被破壞，而且符紙本身也沒感覺到特別強的力量。他就在上面蓋下血的指印，低吟起我聽不懂的古老歌謠。隨著聲音，符紙一張張飛起飄浮在空中，總數六張，很有規矩地排好隊往結界外飛出去，還在小灰影頭上轉了圈。

以小灰影爲中心，海面上陡然出現好幾支燃燒著的白色蠟燭，不受海風影響，燭火安安靜靜地維持優美的形態，黑夜與星空作爲背景，無比顯眼。

符紙在不同方位飄落，六名各自戴著不同狐狸面具的孩童站在海面上，從穿著的和服樣式與髮型能看出男女孩各半，蒼白的燭火讓他們的面具一半被映亮，另一半則在黑暗當中；然後他們捂起面具，唱起童謠，因爲日文我不太熟，只隱約可以猜得出來裡面有一句類似「猜猜誰在你後面」。被包圍在中間的小灰影似乎對四周的孩童感到很焦躁，立刻就往其中一個撲上去，然而在它觸碰到之前，對應的孩童瞬間消失在它面前。

小灰影扭過不知道正反面的身體，又去撲另一個孩童，那名女孩同樣眨眼消失，不過先前那名孩童重新出現在他剛剛的位置，繼續與同伴唱起同樣的歌謠。

邪神的碎片就這樣被困在孩童們之間，疲於奔命地不斷想捕捉那些身影閃爍的詭異小孩。

「哈維恩，開始吧。」我明白這是夏碎學長爲我們爭取的時間，畢竟現在不能直接和小灰影有接觸，只能用這種逗貓般的方式，而且大概也撐不了太久。

海面上那些因爲小灰影出現而遠去的低語隨著風慢慢地被夜妖精帶領進來，深海底部潛藏的亡者們悄悄地吐露著隻字片語。

他們都在傳遞著一樣的話語——

呼喚夜之守護者……

在海上……

驅逐邪惡……

呼喚……

會從天空到來……

夜之守護者？

不知道他們指的是誰，這世界太多神一樣的守護者的存在了，不過如果是天空的夜之守護者，我倒是知道，以前我也和白天的天空守護者見過面，還被敲了一頓早餐。

一想起那些晴空鳥，我似乎聽見遠方傳來那些熟悉的如同音樂的鳴叫聲，吹開了海域上讓人不安的冰冷空氣。

原先在夜空裡皎白的明月突然一分爲二，而且漫天星子變得更加閃亮……還變大顆了。

意識過來有什麼東西逼近時，雷鳴的巨響劈開天空，如同天使們吹響號角般颳過整片黑色的海，掀起驚懼的波瀾。

那些和灰影捉迷藏的小式神們瞬間消失無影，小灰影突然發出一種刮玻璃的尖細聲音，轉頭跳進海裡直接逃逸。

「你曾經款待過晴空鳥，日夜的天空守護者就會替你吹去雷雲。」式青的聲音傳進我的腦袋裡，不同以往那種不正經的態度，認認眞眞地說著：「孤島附近已經很久沒有夜空鳥出現過了，我們的夜空鳥在淪陷那日已經被屠殺殆盡。」

那麼這裡怎麼會有夜空鳥？

我猛地驚覺剛剛看見的另外一個月亮應該就是夜空鳥的眼睛，牠就是隻充滿月亮星星的鳥。抬頭往上看已經只剩真正的月亮了，幾根黑色羽毛掉落下來，接觸到海水瞬間散化成許多大大小小的黑珍珠，無價的寶石緩緩沉入深海，不到幾秒就盪出清淨的水氣息。

式青連忙撈了幾顆黑珍珠上來，放在那隻昏迷的飛狼身上，然後轉回了獨角獸的模樣，犄角抵著飛狼，散出小小的光芒。

我聽見夜空鳥離去的方向有音樂般的鳥鳴，逐漸遠離，但夜晚的語言正在指引我們往那個方向前去。

隨著海潮聲而至……

隨著月與星回到家鄉……

隱隱地，海底下開始有某種東西浮上來，帶著淡淡的銀藍光芒，逐漸聚集在我們小島一側，拉出蜿蜒的光帶，這條「光帶」越來越廣，像是條道路般延伸往低語傳來的地方，然後在遠處有著細線在空中捲繞出門一樣的框，像是在邀請我們進入。

「這是……？」夏碎學長有點遲疑地看向比較了解這片海域的獨角獸。

緊急治療結束，獨角獸再次轉回人形，青年俊逸的面孔上也浮現不確定的猶豫。「我不太……應該說不太明白爲什麼……這是海洋的通道。」

靠近微亮的光帶，我看見很多不知道品種的銀藍色魚，樣子有點像飛魚，胸鰭很大一片，點點亮光就是從牠們身上的鱗片發出的，而且隨著水流的變動，藍光還有點炫彩效果，看起來很奇幻，好像在看什麼童話故事生物一樣。

「隨著月與星回到家鄉……嗎？」我思考了下，轉向夏碎學長和式青，開口：「牠們沒有惡意，大海搭建出來的門，你們要不要開？」

說不上個所以然，但是我覺得這千千萬萬的魚是想帶我們去某個我們該去的地方，沒任何壞念頭，而且也不是閒著在搭鵲橋，很可能機會就只有這一次。

「如果你們不方便可以留在這裡休息。」夏碎學長看著式青與飛狼們。「公會的人馬上就要到了，不用擔心邪神碎片會重返。」

「不，我們去。」式青扶著逐漸清醒的飛狼站起身，幻獸們集體盯著我們看，此時不管是人形或獸都流露出從未見過的嚴肅與些微寄望，似乎他們已經知道光帶與門的另外一端將通往何處。

即使是萬分之一的機率，他們也想賭大海要替他們開啓故鄉的門扉。

其實對於孤島我還是有很多疑惑的地方，例如整座島消失的詳細，還有是誰將孤島陷入不同空間，以至於她永恆消失，至今無法被找到。

還有，大海現在爲什麼要引導我們前往「可能是孤島」的地方。

如果大海知道通道，爲何過去這麼久的時間從來未帶領幻獸們回家？

種種的不解與疑惑充斥腦海，最終我還是停下思考這些無止境的問題，抬起頭，看著準備出發的所有人。

老話一句，無論如何，去了就知道！

※

光帶在小海島上看的時候感覺距離不太遠，不過實際上飛狼們還是沿著魚群飛了很長一段路，我很無聊地計算時間，大概飛了快十分鐘有，而且還是在飛狼們怕被小灰影又追上、高速衝刺的狀況下。

也就是說，這些光帶眞的很遠！遠到我差點以爲這是整人的海市蜃樓，還在半夜邪惡地整。

幸好在我開始懷疑大海很無聊的時候，那扇有點輪廓的門終於眞正出現在我們面前。靠近後可以感受到門框的水氣息更加濃郁了，組成邊框的藍光有著細小的流水圖紋若隱若現，不時還震出細小的漣漪。

哈維恩很乾脆地直接往「門」丟了一根蘿蔔……不過爲什麼是蘿蔔？總之，蘿蔔在穿過銀色光框時整個消失了，沒有掉進海裡，就這樣整個不見。

「這裡確實有個被打開的空間細縫，但無法確定通往哪裡。」夏碎學長摺了隻紙鶴，米色的紙鶴搖搖晃晃飛進去，然後就這樣沒再出現過。

我們幾個互相對視了半晌，最後沉默地達成了共識——都來到這裡了，伸頭一刀、縮頭也是一刀，反正再怎樣糟糕也不會比陰影毀滅世界，或是黑暗同盟進攻世界更嚴重了。

說到底，也就是條空間裂縫嘛！

不過話說回來，如果眞的是陷阱，我他媽眞的會祝大海漂滿海洋垃圾。

下一秒，突然有東西直接拍在我臉上，嘩啦地綻開冰冷，才發現不知道從哪裡射出的海水，直接噴得我一頭一臉，連衣服都濕了大半。

「……」

所以說這片海域有鬼嗎。

遭受池魚之殃的飛狼轉過頭，無辜地望著我。

我擦掉臉上的水，接過哈維恩遞來的乾淨上衣更換，一本正色地開口：「走吧。」

式青舉起手，他和夏碎學長所乘的飛狼率先進入空間隙縫當中，然後是我們這邊的飛狼小心翼翼跟上去。

通過「門」的速度很快，它不是空間走道，而是眞的只是一門之隔的跨越距離，踏過了框線，迎面而來的氣氛與剛才截然不同，帶了一絲血腥的氣味與某種海鮮腐敗的惡臭，讓人不快地隱隱混入海水氣味裡。

回頭想看看那扇「門」，卻已經找不到藍色光芒，更別說時空裂縫了。

這裡的天空中沒有月亮也沒有星星，完全是深墨般的濃黑，猛一進來時，有種視覺好像被剝奪的錯覺，還以爲自己要瞎了，過了好幾秒都沒適應過來，裡面確實就是很黑，伸手不見五指的黑。正打算跟光影村借點電，先行的飛狼周邊已經亮起，微光也在我們身邊展開，很適時地讓我們能看清前後左右。

不過夏碎學長借來的亮光領域沒有拓展得很開，大致上以兩匹飛狼爲中心向外半徑約一百公尺，可能是怕弄得太亮會驚動潛藏在暗處的不明存在。

我往下看，果然下方也還是海域，不過已經變成淺層海，隱約可以看見底下沉積的一些不明細碎骸骨與死亡的珊瑚、魚貝類，另外有不知道是蛇還是什麼的條狀生物，反正黑黑、細長細長的，藏在那些骨頭裡面，飛狼一通過就到處逃竄，像竊取食物的小強一樣。

海水無波無浪，如同「死了」般毫無反應，整片海面像玻璃平滑，雖然有點黑暗毒素，卻很微薄，可能瀰漫時間太久，已經差不多快要散乾淨，是連我都可以輕易防禦與驅離的濃度。

「前方好像有什麼東西。」式青的電波傳遞過來，前面的飛狼也換了個方向，我們這邊趕緊跟上，還好不用控制方位距離，底下的飛狼很盡責地充當優質駕駛，穩穩地跟好軌跡。

飛狼們又飛了一陣子後，微光慢慢照亮出某些半沉在海面的石材斷面與斷裂傾圮的石柱，這個區域應該是以前存在過的一整排水上長廊，先不論當時有什麼技術讓它們蓋在海中，總之這些石柱長廊的遺跡範圍相當長，看著很像貝爾廟那種古羅馬風格的柱廊，然而已經被破壞一大半了，倒下的石柱底部還壓著很多屍骸，有的甚至沒完全腐壞，部分竟然還完好地保留死亡瞬間，似乎時間就在屍體上被凍結住。

看見這些後，飛狼們發出哀傷的低鳴，認出了這些毀損的遺跡。

不用問，這裡確實就是孤島周邊海域，那些慘烈的屍體很多都不是人形生物，而是大量獸形；從能辨認的完好屍體可以看出好幾具屬於飛狼，很多都被撕下翅膀，身體不是被四分五裂，就是遭到某種殘忍的凶獸啃咬，不少飛狼屍塊裡也參雜獨角獸的殘骸，還有大量我說得出、或沒看過的各種幻獸。

然後，是被扭曲的生物殘屍，還有許多魔獸、妖魔。

從這裡開始，幾乎能看見幾千年前的慘烈激戰，等不到救援的幻獸從島內倉皇逃出，拚命努力死守在這一道陣線上，讓其他幻獸得以活下去。那天很可能就是像現在這麼黑暗，幻獸們的桃源仙境被深深的黑吞噬，連月光都照不進來，他們只能倚靠同伴的血與生命屈辱地離開。

沉默了一小段路後，式青突然從飛狼身上跳下去，站在還殘留的石廊平台上。在那個地方，有一匹屍體保留得非常完好的金色獨角獸站在原地，遺體似乎還會發出淡光的皮毛血跡斑斑，敵人在他的身體上抓出了各種露出骨骼內臟的慘烈傷痕，連金色長角都被折斷了，不過獨角獸至死都還是很凜然地站著，只在最後閉上了那雙眼睛與世長辭，比起一般獨角獸還要巨大的身軀，至今依然如同山般堅立，不曾倒下。

在金色獨角獸周圍有相當多獨角獸的屍骨，外圍大部分已是散亂的骨頭了，有幾匹半腐，幾匹比較靠近王者的全屍完好猶存。

飛狼們在平台邊緣停下，我們全都安靜地看著式青化回獨角獸，慢慢地走到金色獨角獸前面，虔誠地跪下來，輕輕地用長角觸碰著屍體的前足。

「獨角獸的王。」哈維恩用只有我們兩個人能聽見的音量開口：「我們來的時候外圍沒太多幻獸屍體，都集中在這裡，恐怕是獨角獸王設下最後攔截防線，將孤島的邪惡擋在此處，最後的幻獸就在這邊戰到全滅。」

如果獨角獸王的這裡是最後防線，那麼飛狼王和那些羽族、妖精……大概就是在孤島上主力拖延至死絕了。

我們沒有打擾式青和飛狼們的弔念，紛紛各自從飛狼們身上滑下來，讓牠們可以走過去思念這些同伴們。

不過為什麼入侵這裡的邪惡沒有把獨角獸王的遺體破壞掉？是留著當紀念嗎？

「我先探查附近的狀況，不用擔心我。」夜妖精輕聲告知我與夏碎學長，很快就走入黑暗，轉眼失去身影和氣息，幾乎融為一體。

我見夏碎學長好像沒有閒逛的打算，他就在旁邊找了一塊比較乾淨的地方坐下來，取出一些米色符紙加工；我想想就自己滾到旁邊去看那些石柱。其實進來時我和哈維恩有試著連結黑暗，但這裡完全沒有黑色的語言，好像連同空氣一起死了，萬物沉默不語，異常恐怖，而且本來以為鬼王可能會再用別種方式追上來，但進了這個不同的時空緯度後，我猜他大概也來不及

趕上了，鬼才知道大海把我們弄進來想幹嘛。

這片海域整個都是死的，完全沒有提示。

於是我只好繼續研究石柱，幻武兵器和老頭公全都沉睡，幸虧身上的各種保護還在運作，人身安全基本有保障，不過預先儲存術法和力量的靈符被毀，接下來就得靠平常所學的自立自強了。

……真的很靠夭。

先不管那些損失的力量，知不知道我那些靈符、水晶要多少錢啊可惡！賠錢來！

這種狀況簡直是到國外旅行的朋友請你去他家幫他澆個花，沒想到你還沒踏進人家家裡就遇到土石流，直接被活埋進去，一身的財產也被埋掉，損失慘重。

不知道回去能不能向黑王申請職災理賠？

咳了聲，重新把精神放到眼前的環境。

這些斷裂的石柱上和我以前在其他地方看過的差不多，也是敘事圖居多，不過這邊的主角是各種幻獸，人形生物比較少，有出現人形生物時比較多是羽族。石刻上的羽族和天使有點相似，都有著一對大翅膀，差別在天使都是白色大翅膀，而這些圖雕上的羽族翅膀形形色色，很多都有特殊紋路，與他們衣著帶著強烈民族風相映襯。

說到羽族我就又想起黎沚，我記得他好像是羽族，不過在翼族那邊沉睡很久才被送到學院……羽族和翼族是同根源種族，只是稱呼不同，現在看起來其實這裡也都是羽族翼族混用，大概不同分支有不同愛好歸屬吧，而按照其他人對他的形容，說不定他以前很可能也知道孤島的事情呢？

可惜他不記得過去的事情。

「褚，你過來一下。」

聽到聲音我回過頭，走到夏碎學長旁邊蹲好。「有……」

夏碎學長豎起手指讓我噤聲，背對著幻獸們揭開一部分的衣領，正好讓我看清楚他早先受傷的肩膀上出現一個小爪子般的黑印。

……我就知道那個黑術師絕對有什麼陰招！

「三天。」夏碎學長氣定神閒地蓋回衣領，丟給我兩個字。

三天之內我們出得了孤島嗎？

「別驚動他們。」受傷的人還補上這句。

我狠狠地盯著夏碎學長一會兒，最終沒種揍他，我總覺得揍他和揍學長是兩種不同的境界，這個巴下去可能眞的會出事，畢竟他完全沒有表現出像學長那種理虧的態度，而且他確實也是被黑術師暗算，這個防不勝防；於是只好站起身用力地深呼吸，咬牙地默數到十才蹲回去，用氣音噴他：「你有先處理過嗎！」我該開心這人至少有通知我嗎？不然按照他們先前啥都不講的德性，搞不好還要等他倒下我才會驚覺有問題。

「嗯，外面有公會，一離開這裡就可以馬上救援。」與我快抓狂的反應不同，夏碎學長若無其事地低聲回答：「不用擔心，這是小狀況。」

敢情您之前和學長出任務的各種狀況更大嗎？

但是我不是學長啊！你怎麼不會覺得和我出任務可能會死翹翹！

……我決定起身轉過頭看天空再數個十秒。

自從這些學長們至高無上的面具拿下後，我覺得旁觀他們行事彷彿都會減少壽命了呢。

所以那些人魚的淨化果然是沒用的嗎？

沉思了幾秒，我蹲回去，重新翻看夏碎學長的傷口，小爪子上有一絲不容易察覺的陰冷氣息，居然連哈維恩和那一大票幻獸都沒發現，看來很可能和我們的兵器一樣，都是不明原因慢慢被破壞，傷口也是拖到現在才滲出毒素。

仔細一看，小爪子上有一層透明薄薄的藥膏，如夏碎學長所說他眞的有處理過，不是在敷衍我。

好脾氣地讓我檢查完，夏碎學長才動作優雅地重新整理衣服並站起身，正好與走回來的式青他們面對面。

「我們之後必須回來讓這些同胞們安息。」大概都沉浸在哀傷裡的幻獸們沒發現我們這邊的異狀，改爲人形的式青神色有點黯淡，不過很快就振作起來：「這些屍體會呈現異狀，是當初我們在離島時永恆術法四散，有部分擴及到亡者身上才被保存，或許……」

「或許這裡可能還有永恆術法的倖存者。」夏碎學長平淡地接下式青的話，說道：「我們目前並不清楚爲何大海要引我們進入當時被封鎖的孤島，也不知道下次有沒有機會再進來，必須盡快搜索全島將倖存者帶走。」

到這時候我才明白夏碎學長沒有聲張的理由——我們都不知道能不能僥倖再進入這座已經沒有入口的沉淪島嶼，如果這裡還有活物，很可能現在的我們是他們存活甦醒的唯一機會了。

式青沒看出我一肚子的火氣，逕自說：「從這裡進入島還要一段路，當初爲了封鎖邪惡外散，很多路已經被封起，而且我被送走後島上變成什麼樣子我也不清楚，可能要非常謹慎。」

我正想著至少這色馬終於可以正常辦事、算不幸中的大幸，就看到這混帳藉著悲傷默默地蹭到夏碎學長身邊，用他那張道貌岸然的臉無聲地吃起豆腐。

直接往臭色胚的屁股踢下去，我警告性地瞥了他一眼：「哈維恩你找到路了嗎？」

「發現了一條較安全的通路。」哈維恩從陰影處走出，明顯嚇到的兩隻飛狼雖然身體沒動，不過眼睛瞪大顆了。無視牠們驚嚇的夜妖精連忙追加一句：「你怎麼知道我回來了？」

發現你回來讓你很開心嗎？

我毫不留情戳破夜妖精的欣喜：「我隨便猜的。」這傢伙根本故意把全身氣息都收乾淨，鬼才知道他有沒有回來。不過根據我對他們的了解，他們這票人都有點壞習慣，就是都會無聲裝死偷聽別人講話，所以我才隨口說說，反正要是沒回來就追加一句人跑哪裡了也不尷尬啊。

「……」夜妖精立刻對我發出怨婦視線，大概是覺得我又在欺騙他的感情。雖然不滿，他還是就事論事地報告他的探查結果：「附近有一處封鎖術法鬆動，我們可以從那裡進孤島，只是裡面很可能有黑暗生物，其他人生死自負。」言下之意就是他絕對不會救白色種族加幻獸。

「先稍等一下。」夏碎學長翻出了幾塊水晶，上面有濃郁的風元素，他遞給我和哈維恩，「我們在這裡設置簡單的移送陣法標點，如果出現意外或走散，就以這裡爲集合點。」

確實，我們從沒來過，要先做個標記才行，萬一又被啊啊啊追著跑，還可以逃出來這裡。

於是我們三個在平台邊清出一塊空地，用水晶在地上合作畫出一個比較大的標記陣法，完成後，夏碎學長又取出六顆青色的小水晶和標記陣法連結，一一發給所有人與幻獸。

「如果走散，第三天日出之前一定要回到這裡。」式青接過水晶，突然開口：「退潮期只有三天，我不知道結束後這裡會有什麼影響，到時候不管怎樣我都會用力量撕出空間破口，我們從那裡回去。」

退潮期只有三天也太巧，我本來還想掰個理由說三天內一定要離開這裡，看來這問題解決了，一出去馬上就可以把夏碎學長丟給公會，解決這個讓人短命的心腹大患。

「既然時間寶貴，就快點出發吧！」

❀

幻武兵器還是完全沒反應。

平常魔龍太吵了，不知不覺習慣囉嗦的聲音，現在這麼安靜反而有點怪怪的。還好我已經脫離新手小白狀態，不至於少了幻武兵器幫忙就立刻曝屍荒野。

哈維恩找到的裂縫是在破碎的長廊大約又向前走一小段路後，連我都可以隱約感受到某個位置的氣流不穩定，滲出比這片海域更沉重的陰森氣息。

我們整理了下手上剩餘可用的物品，幻武兵器是都不能發動了，儲存力量的靈符、水晶也大致都被毀掉，我這邊剩的只有一些藥品和力量比較小的小水晶，還有幾枚護符；夏碎學長手上比較多可運用的東西，很多都是那些米白色的空白符和水晶裡的小偶，他簡單解釋這是家族式神的契約物，不過符紙可以重新製作成我們慣用的靈符，只是力量沒有那麼強。

哈維恩身上就更簡單了，他用的靈符偏少，幾把刀都出現裂痕，六靈刀原本凶暴的氣息也降減不少，不過他本身還有一些夜妖精的小東西沒遭到毒手，勉強可以運用。

用了幾分鐘重新凝結出簡易的基本元素符紙給我，夏碎學長才點點頭。畢竟時間很趕，也不能回公會補貨，只得這樣出發。

確認我們整裝完畢，式青走到附近封鎖術法最不安定的某塊地方，兩旁還有剛剛飛狼們在等我們分贓時稍作整理、先排放到側邊的幻獸屍骨，數量之多，看起來幾乎就像一條充滿死亡的道路，視覺效果有點恐怖。

收斂起平常笑鬧的神色，人形的獨角獸慢慢吸了口氣，神情嚴肅，右手抬起在空中畫出一道不知道是什麼的線條，一抹淡藍色暗光被點亮，接著自他的指尖開始往外擴張，形成了某種樹的枝葉圖騰，像蝴蝶翅膀一樣對稱展開。很快地，兩側空氣像是在睡夢中被喚醒，綻起輕微的震盪回應這個術法。

「小心囉。」式青笑了一下，猛地就把手上的圖騰「推開」。

被推開的黑暗瞬間爆出極為強烈的腐臭與殺氣，反應最快的哈維恩直接搶上前一刀砍出，帶著更凶狠的戾氣纏繞著光明術法劈下去，順勢把衝出來的某種魔物腦袋砍個對半。直接被白色術法封印的兩塊腦殼發出被煎熟的滋滋滋聲響，往左右兩邊滾開。

兩秒後我才看清楚那是什麼，是個有點像狗頭一樣半腐爛的東西，被砍掉還沒死，不過被術法黏在地上，不斷發出吼叫聲。

「如果是明顯到我們都能找到的裂縫，想必對面也是有東西想順著這地方出來吧。」式青補上剛剛沒說完的話。

比起講話太慢的混帳獨角獸，我現在反而比較在意哈維恩的動作。

只見夜妖精彎下身，用刀尖把那兩半腦袋戳來戳去，本來還沒死的魔物整個腦漿都被他攪開了，視覺畫面看起來非常馬賽克。

沒多久，哈維恩就從那團馬賽克裡挑出一小塊黑色圓珠，彈珠的大小，一拔出來，魔物就發出個哀嚎聲，直接掛掉。

「魔源石嗎。」夏碎學長好像完全不意外有這東西，人很好地轉過來告訴我：「比較有力量的魔物、魔獸身上常常會有這樣的東西，是連結靈魂的能量石。但是對於已經基本有能力的種族而言，這樣的力量也就是獸類等級，一般白色種族很少會特地取出，會直接連同魔獸整個淨化。對大家來說，商店街的水晶力量可能還比較純粹有用。」

哈維恩把那顆珠子洗乾淨，走過來遞給我。「你身上的靈符、幻武兵器都不能用，可以試試驅動黑暗力量自保，進去之後如果再遇到可以再挖。」

進入打怪噴裝備的環節了嗎？

我看著掌心上的魔源石，可以感覺到裡面傳來憤怒殘暴的力量感，不過沒什麼意志，所以我直接動了點「語言」讓它安靜，那顆小珠子瞬間乖巧得不敢做任何反抗，顯然它很有自知之明，曉得我的血脈力量在它之上，短短幾秒內已完全服從。

不過這東西感覺滿像商店賣的水晶，只是裡面包的東西屬於邪惡和躁怒，而且還是從別人身上挖下來，確實一般種族不會去用。

「那就進去吧。」

第六話　不明物體

隙縫挖開之後，我們踏進的是一片全然看不出有什麼鬼東西的黑色森林。

可以判斷的是這沿海森林以前一定非常茂密且佔地廣大，以至於它現在雖然整片枯死到沒任何生機，還是足以讓人看不出哪裡有路，點亮四周後放眼望過去，全都是滿滿捲曲的黑色樹幹樹枝，隨時有一籮筐阿飄還是魔物衝出來都不奇怪。

不過式青還是直接認出來這個鬼地方是以前島上臨海一處叫作夕潮林的區域，內建GPS的當地住民帶著感慨與悲傷的神色，開始帶領我們前進。

穿過死亡森林這段期間，我們又打了幾次衝出來的扭曲魔物，可能是在這裡被關太久了都在互殺，這些比較低等的魔物明顯已經沒有一絲理智，只殘存咬噬生命的本能。經過幾次衝突和夜妖精的挖屍體，我手上的魔源石也逐漸增加了。

「這附近原本有個暴雨妖精的村子，是島上雷妖精和海妖精的混合後裔。」式青走了一段路之後開口，這時候我們差不多已經在充滿毒素的空氣中移動了約莫半小時。因爲島上原先該有的守護和祝福早就在戰爭時全部被破壞，所以沒辦法很順利地使用傳送術法，而且很可能一傳就傳進妖魔的巢穴或陷阱，於是只能搭飛狼計程車這種耗時間的移動模式。「暴雨妖精的塔維加村落裡有雷妖精城市傳送處，不過大概也被破壞了。」

孤島上的妖精族以雷妖精爲首，所以那個破滅的妖精古城是島上妖精們最大的居住地。邊聽著式青的講解，我邊看地圖，村落在海邊，雷妖精古城在島的另一邊……是有點遠。

「既然要搜索永恆術法下的沉睡者，那麼多走一趟村落也無妨。」夏碎學長很體貼地開口：「戰爭時有些老弱婦孺來不及撤離，大多會躲在村內的避難處及保護點。」

我沒什麼意見，看我沒意見的夜妖精也跟著沒意見，於是路線筆直朝暴雨妖精村落前進。

趁著沒被偷襲的空檔，我拿出那些魔源石，幾顆小珠子放在一起之後那些黑暗力量便慢慢融合在一起，變成有點混雜的詭異力量。本來想放到魔龍的小飛碟裡，但他們現在在沉睡，我暫時不敢亂弄，如果爆炸就慘了，只好邊聽著夏碎學長的教學，把這些力量抽出來做成靈符。

以前製作初級符咒是直接寫在紙上，當然也是得與各種力量溝通後再寫上去啦，不然就是寫那些奇怪存在會回應的法咒來驅使。另外一種就是學長、特別是夏碎學長他們很常用的靈符，要先製作好各式各樣的法陣或是術法收進去，有種倉庫的概念，不過這種一個沒做好就會爆炸，危險度比用寫的符咒還高。

用寫的寫壞了可以揉掉，用塞的爆炸會連人一起炸出去。

後來開始學塞術法的靈符我就被炸過幾次，所以我覺得每次都拿一整疊靈符出來的夏碎學長有謎之厲害——這表示他懂的術法太多了，可以讓他塞那麼多張。

結果後來才知道靈符大多可以買現成或是由別人幫忙製作，我又再度幻想破滅。

想想也對，我剛開始也是都用大家給的符咒呢……

但是現在學長不在這裡，只有夏碎學長和哈維恩，我也只好硬著頭皮在他們的指導下用這些小魔物的力量做了幾個簡單術法裝到符紙上，一塞好後整張符馬上變成黑色，看起來真的很像反派專用！超有感！

「說起來，孤島上設下的永恆術法有什麼特徵嗎？」夏碎學長指導告一段落後，詢問式青：「既然爲了躲避邪惡勢力，那必然會有防止搜索的守護，我們該怎麼辨別正確的沉睡者？」

「我幫你們做一個短期內會被永凍者吸引的東西，如果附近有就會有反應。」式青想了想，朝我們伸出手。「不過這次太倉促了，我身上沒帶什麼，你那些式神媒介分我一點吧，要可愛一點，最好是小美女的樣子。」

「……」夏碎學長微笑著遞給他三個拇指大的小人偶，全是平胸扁臀，連臉都沒有五官。

式青聳聳肩，接著在手指上劃出個小傷口，把血印在人偶臉上，示意我們各拿一個。「這樣三天就夠用了，之後就會慢慢失效。」

我看了一下一臉血的小人偶，覺得有點像是什麼詛咒的東西，然後收進口袋裡放好。

差不多這個時候，我們前面也展開了比較寬的道路。

原先這條應該是鄉間小道，兩側有田或牧場之類的，現在兩側全都是焦土，彷彿被火焚燒過，整片沒有一根草、一點生機，屍骸白骨倒是不少，每隔一小段路就可以看到一些，有的是幻獸或妖精人形的骨骼，有的則是魔物還沒爛乾淨的軀幹。

整座島上的時間流速似乎很慢，明明戰爭是幾千年前的事情，這些屍骨還是與海上那些很類似，不少都還沒爛光，有的甚至還保有死亡時的模樣，不知道和那個術法有沒有關係。

「這裡面的時間運行是亂的。」大概注意到我一直在看那些完整的屍體，式青突然打破寧靜。「大戰時兩方都動用了大型法術，除了永恆術法，那些邪惡也帶來了很多撕裂時空的法術，這麼多年來沒有人收拾，當年的衝擊影響尚未散去之際便被封鎖在裡頭，時間軌跡早就扭曲了，不過不知道和外面差多少，未來如果能夠重見天日，就得要請時間種族來撥亂反正。」

聽到不怎麼有好感的時間種族，我嘖了聲。

「我有聽說你的事情，不是每個時間種族都那麼奇怪。」式青邊注意著焦土四周動靜，邊說道：「雖然看上去不近人情也很激進，然而重柳一族為這個世界做出不少貢獻這點是無法抹滅的，不然他們在白色種族中的地位才不會那麼高。而且……要是他們整族都有心的話，現在你們應該已經滅團了，所以表示重柳族裡還是存在能講理的溫和派。」

式青的意思我知道。

重柳族以前吃過妖師的虧，後來又因爲各種戰爭站在最前線保護自由世界，所以人數已經很少了，他們會憎恨黑色種族也是理所當然，就像很多黑色種族想要推翻白色世界。

要是當時重柳族傾巢而出，恐怕現在我不會站在這裡。

但那又如何？

這也不能改變他們是混蛋的事實。

溫和派又怎樣？

在他們濫殺的時候，溫和派出來阻止了嗎？

沒有。

在他們以重柳一族的名義發布追殺時，溫和派吭聲了嗎？

沒有。

他們殘殺黑色種族就算了，連無辜的雪妖精都殺，最後連自己的同族都殘忍不放過，只因爲他幫助了黑暗。

對我來說，那些溫和派的不作爲和激進派一樣，他們是沉默的幫凶。

於是我沒有回應式青想要開解我某些想法的話，假裝沒聽懂，聳聳肩表示無所謂。剛好這時候我們也差不多到達妖精村莊的外圍，陸續看見一些被破壞的石板地面，大部分都已經看不清楚上面有什麼了，有幾塊勉強還能見到一點紋路，應該是妖精們當時生活在這裡所裝飾的紋路，比較清晰的可以看見應該是某種代表性的種族圖或敘事畫，但裂得很嚴重，不知道是刻畫什麼東西。

這條被破壞的石板路一直蜿蜒接連到同樣早就已經快要看不出原樣的小村落，近九成房舍早就化爲灰燼，殘存下來的只是幾片半毀石壁，一眼望去其實還滿清楚可以知道村裡還有沒有活口，差不多都被夷爲平地了。

附近沒有魔物的感覺，雖然毒素還是很濃厚，不過沒有獄界那麼嚴重，所以我們散開大致在附近找了一圈，果然小人偶毫無動靜。和哈維恩一起搜索了一會兒也沒有察覺哪裡的黑色空氣特別有問題，於是我們就往式青方向前進。

暴雨妖精村子裡的那個傳送點剛剛發現時被埋在一堆破碎的建築物底下，我們返回時，飛狼正好把這塊地方清乾淨，式青也已經把傳送點存在的地下入口打開。

原本在大廣場上應該也有個公用的傳送陣法，不過那個已經被毀壞了，現在這個地方是小神殿底下的隱藏點，同樣是避難所，看入口的狀況可能有過某些保護與隱藏的術法，竟然完整被保留了下來。

入口被開啓沒多久，黑暗的天空開始降下一層淡淡毒素薄霧，四周也有毒霧蔓延過來，還有某種存在正往這邊快速逼近。

「趕快下去吧。」

見狀況不對，在魔物聚集之前，我們已全下到地底。

式青反向關上入口，原先的隱匿術法重新被啓動。

沒過多久，我就感覺到上頭傳來了黑色生物的氣息，大約四、五隻，同樣是那種沒有太多意念，只有滿滿的殺意，難以溝通。

於是我也放棄對話的打算，轉過頭，跟著大家的腳步離開。

小神殿的地下通道有點長，粗估我們可能走了地下三、四層不止，直到最後一階，我們身上的小人偶突然不約而同亮起淡光。

走在地上的縮小飛狼們突然興奮了起來，兩個小小身影直接脫離我們周邊有光的地方，往走廊黑暗深處衝進去，很快就不見蹤影。

看牠們這樣，我想這底下應該是眞的沒危險，不然式青也不會讓牠們跑，等走廊的光大片大片亮起，映出更深處的道路後，我們也開始前進。

畢竟是村莊的小神殿，所以規模比不上以前看過那些大型神殿，地底空間以保命機能爲主，壁畫什麼的就不算太精緻了，不過也刻畫了不少村莊的歷史敘述，其中有些神官們保留的術法資料等等痕跡。然而幾千年前的通用咒文有些放在現在看已經很普通了，於是就沒有太過特別的價值，反而是記載的歷史比較值得一看。

不過我們在趕時間，並沒有停下腳步，而是快速地往盡頭移動。

很快地，來到了避難所終點，途中式青開了幾次橫阻在中間的保護術法，沒有引起太大的波瀾，順利抵達。

完全沒有被那些法術影響，早我們一步到達的兩隻小飛狼正扒著盡頭封死的石門，巨大的黑色門扉完全不爲所動。聽見聲響，牠們回過頭，讓開身體，急切地等待式青打開封鎖。

等式青解碼的空檔，我迅速環顧四周，牆面上一樣記錄了些關於暴雨妖精的起源，與之前我聽說的差不多，他們是雷與海兩個種族混合之後的傳承，沒有特別不同之處。這裡面最爲特殊的，果然還是式青正在操作的黑色石扉。

它的特殊在於這塊石板的材質與周圍牆壁或裝飾石板完全不一樣，雖然我看不出周邊走廊的用料，不過門板的材質不同得太過突兀，感覺這東西原本應該不是屬於這個地方，是之後才被搬過來鑲上去，替代本來的門。

整個黑色石門差不多有近四、五公尺高，寬度也足夠七、八個人並肩同行，如果放在一般大型神殿算是個小門，不過在地底下也不能說小了。左右兩面門板上各刻著一名雙手環抱胸口的人，一名持劍、一名持法杖，兩人裝扮、五官極為相似，應該是血親關係。持劍的明顯是女性，輕甲上有胸線與腰線，身軀也比另一片門上的人嬌小一些，最顯眼的是兩人身後一雙斂起的巨大雙翅。

羽族？

因為與天使純淨潔白的特徵不太像，加上是在這座島，我一秒就想到這個神祕的古老種族。

「阿蘭斯的守護聖者。」也在端詳黑門的夏碎學長突然開口，停頓了下，發現我在看他，就帶著微笑解釋：「是羽族久遠的傳說英雄，古代有一座從來沒有出現在世人面前、名為阿蘭斯的浮空城市，據說是一些不想參與世界戰爭的羽族們所建立，有點類似孤島，不過阿蘭斯長年深藏在不同的空間和天空裡，所以倒還真的找不到蹤跡。」

「在傳說裡，六界混亂時世界戰火席捲大地，各個種族都挺身而出，像傳聞中的伏水或是現今我們看過的重柳都曾經參戰。不過當中有一場幾乎沒有留下任何記錄的魔神戰爭裡，有一些破碎、無法被證實的英雄歌謠從鄉間被傳唱出來，大意是邪惡撕裂時空進入自由大地時，因爲各地聯合軍隊來不及馳援，世界之門差點被粉碎，但來自阿蘭斯的聖者帶領族人，用血和肉重新拼合起時空裂痕，領首的兩位聖者據說是兄妹關係，也死在那場慘烈的戰事裡。可是年代太久，加上當時各地都在征戰，阿蘭斯的戰役結束得太快又沒有對外求援，周圍相關的土地也幾乎全毀，沒有什麼目擊者，之後也沒人再見過阿蘭斯的浮空島，所以這是一段至今還無法完全確定影響和內情的歷史斷層。」

大戰中缺失的歷史其實還不少，像燄之谷的狼神骨頭也是個謎，所以我也沒有想太多，覺得之後回學校找看看圖書館或是問鬼王也可以。「沒人知道怎麼會有肖像？」

「喔，畢竟我們這裡也是有羽族居住的，所以他們那邊有阿蘭斯聖者的敘事像。」式青突然回過頭，人很好地解釋：「這個門我猜大概是他們以前不知道在幹嘛，打賭賭輸了才被拆過來用的。」

……

……

好喔，這個羽族的形象不知道爲什麼突然掉了兩公分。

把門賭輸給妖精很正常嗎！

不過想想黎沚平常的樣子，我突然又覺得好像很正常。

看來我還是太嫩了。

以後如果在某個很正經的地方看到很正經、不符合該處的東西時，我一定要堅決相信它們存在的背後理由絕對很不正經。

沒多久式青打開了不正經的黑色大門，一股冰冷的風突然從裡湧出，直接撲上我們的臉，我本來還想說不知道會不會有毒，不過空氣瞬間變得很清淨，好像過濾了一輪，直覺就是沒毒，反而還是個正常有益身心健康的術法。

門後空間意外地並不大，看起來和我們學校平常用的教室差不多大小，而且有點簡陋，很難想像這地方剛剛使用的門是羽族的記錄門扉，感覺似乎是個很不重要的隨便空間。

不過就在這個地方，我看見了有幾個小小的身軀蜷縮在角落，居然不是妖精的模樣，而是兩、三隻幻獸樣子的小動物，牠們像是很安穩地酣夢，非常柔和安詳，然而身體上覆蓋了一層毫無雜質的純冰，散發著無法探查生命的冷意，把睡夢中的小生命與世界、時間隔離，不受外界打擾。如果沒人來喚醒牠們，很可能牠們就會這樣永遠沉睡下去，以那層凝冰爲棺，直到世界終焉。

小動物的旁邊則有一具屍骸，看樣子也是死於當時的戰爭，只剩下殘骨和衣飾，模樣是妖精。

不用推測也可以知道，這妖精應該是當時匆匆把僅剩的幻獸送到這個地方，之後傷重不治，幻獸則迎來永恆術法，就這樣沉睡至今。

想像一下當年，島上完全被邪惡毀滅，這些種族不管是幻獸還是羽族、妖精都在全力保護生命逃過一劫，但犧牲的比活下去的還多，就很讓人唏噓。

式青看起來也有點激動，不過僅僅短暫的一、兩秒，馬上又變回那種很隨便的樣子，他在小動物旁蹲下，指間觸碰上純冰時，那層凝冰似乎有感，立刻浮出一圈很淡很淡的銀色圖騰，像是漣漪般不斷產生波動。

沒有就地解開永恆術法，式青只把這些小動物收起來，安放在他特地帶來的空間裡面，然後拍拍衣服起身，露出大大笑容：「等回到浮空島再解除會比較安全，現在我們先出發去妖精的城市吧。」

這時我才注意到我們右側的牆壁上有一個很大的法陣，因爲沒有發動，所以幾乎沒感覺到存在，而且繪製的顏色很淺，幾乎都快與牆壁同個色調。

「對了，妖精城市的狀況也是不明，大家要多加注意安全。」說著，式青就把手放到黯淡的法陣圖形上。

畢竟是在淪陷的古代島嶼上，原本就知道應該會有很多地方很危險。

然而，在陣法啟動後沒多久，我還是出現了想要暴打獨角獸的慾望。

尤其是在大量魔物集體朝我們撲過來的這一秒。

飛狼率先衝了出去，本來就和毀滅孤島元凶有仇的牠們瞬間變回原形，直接對著往我們撲過來的魔物群撞去。

連接雷妖精城市的傳送陣果然還是完好無缺可以使用的，啟用之後也不負眾望地直接把我們丟進魔物群裡——至少證明了城市裡果然還存在很多當時留下來的邪惡。這些東西跟著孤島被封印這麼久，應該也是心中滿靠杯的，理智被磨光的當下，一感受到有活物蹦出來，也不管是什麼，瞬間群擁撲來。

抵達終點的剎那，我根本還來不及看清楚我們到底被傳到什麼地方，大量黑暗力量就淹沒了視線。

哈維恩攔住夏碎學長和式青，直接站到前方揮出刀鋒，黑色的刀光在我們不遠前的地板切出一條深溝，切口處向上拉出大量符文形成屏障。「回來！」

先撲出去的兩隻飛狼立刻擺脫身邊的魔物往回翻跳，撤入屏障內的同時，整個保護結界瞬間發動，第一波撞在上頭的扭曲生物發出巨響，凝結千年的沉寂空氣被震盪，支撐陣法的夜妖精冷哼了聲，往前踏了一步，快速修補裂開的結界，從開始到現在也不過短短幾秒，但發生的事情可能已經足以讓我們死好幾百次。

我走到哈維恩旁邊，看著外面堆疊成牆的大量魔物，然後翻找了一路上夜妖精和夏碎學長幫我做的簡易符紙。這些扭曲魔物因爲沒有自己的意志，除了邪惡和瘋狂以外，其實很像一團無法控制的力量集合體，還有點時間、不急著逃命的話，哈維恩和鬼王倒是有教過其他的應對方法。

翻找出寫著黑暗文字的靈符，我深呼吸了下，那張符紙在我手上往下沉，變成了一個小銅鈴。

幽暗的空間裡發出了「叮——」的一聲響。

雖然是我弄出來的，但這個聲音很沉又很幽遠，一點都不清脆，連我本人都炸出一大堆雞皮疙瘩。

原先用爪子刨抓結界的魔物突然安靜下來，隨著那個銅鈴聲往外擴出去，越來越多黑暗深處的吵雜聲音跟著慢慢停下來。

我瞇起眼睛，非常專心地引動圍繞在周邊的黑暗力量，盡量讓空氣震盪的頻率可以對上銅鈴聲，然後輕輕地再晃了一下，發出第二次聲響。

一旁的式青可能想說點什麼，被夏碎學長阻止。

這段時間夏碎學長也常常出入獄界，所以他很明確知道我想做什麼，這時候讓我講話我可能會因爲頭太痛噴漿，畢竟要很專心控制黑暗語言和空氣，而且現在魔龍他們都在沉睡，負擔又更大了，才搖第一次我就覺得偏頭痛都要發作了，第二次整個太陽穴都在脹痛。

在獄界時，黑王已經讓我模擬過許多次遇到無意識黑暗生命時的狀況，畢竟他當鬼王這麼久的時間裡什麼鳥事都看過，更別說像我們面前這種經典畫面。於是他特別抽了幾堂課教學無法用黑暗語言溝通時有哪些方式可以「控制」這種存在。

現在我手上的銅鈴是其中的一種，概念很像《吹笛人》的故事，使用的是空氣和聲音，不是語言的那種聲音，是很單純引起黑暗存在共鳴的「音」。

如果要剋制有意識的生物，那個聲音可能要複雜一點，大概還要變成一段音樂，對我這種音痴來說是不可能的任務，還不如直接用妖師語言；不過像這種已經沒有智慧的存在，只要最初始的單音就可以驅使它們。

不過這個「音」還是要混入心語的力量，所以剛開始我也失敗過很多次，直到黑王冷笑著把我丟進一堆獄界蚯蚓的巢穴，我才勉強抓到訣竅。

那個獄界蚯蚓對黑色種族來說其實沒什麼殺傷力，但是那種回想起來會想要打上馬賽克的傷眼生物，害我把那天吃的東西全都吐光，一想到還是覺得超噁心。

更噁心的是魔龍竟然還說這些東西很有營養，肖想加進菜單裡，被我強烈且堅定地拒絕。

總之，我專心地讓第二次「音」擴展出去，大部分的魔物都已經停下動作，呈現一種痴呆的僵直。

這時候夏碎學長走到我旁邊，取出一個小人偶，翻掌落下後，小人偶變成一個矮矮的小童子，小孩舉起雙手呈現捧東西的姿勢，細微的風在他手上轉成一團排球大小的球狀。

我小心翼翼地把連結空氣和音的銅鈴放到那個風球裡，小式神穩穩接住後，邁開腳步往結界外走去。

大批魔物痴痴地盯著式神看，不約而同開始挪移步伐，眞的活像故事裡那些老鼠一樣，列隊跟在式神屁股後面，歪七扭八地開始移動。

整個過程持續很久，因爲堵在這裡面的扭曲生物不少，直到最後一隻走乾淨了，也差不多是快半小時之後的事情。

有點距離的黑暗裡傳來砰的某種關上沉重門扉的聲音後，我才抱著快炸開的腦袋原地蹲下，深深覺得運用精神力眞的不是人幹的事，更可惡的是鬼王還告訴我按照我現在的力量，想要獨得大樂透可能會先半殘，回去練個幾年再說。

這輩子想中個獎眞難！

式青等人這時候很識時務地沒來吵我，兩隻飛狼再次縮小，一左一右消失在暗處去確認附近還有沒有其他威脅，不明空間裡立刻安靜下來。

哈維恩蹲在我身邊，按著我的肩膀幫我舒緩偏頭痛，過了一會兒我腦子比較沒那麼爆裂時他才開口：「這裡好像是妖精神殿。」

夜妖精的夜視能力算是我們這群人裡最好的，不用照明也可以很清楚觀察周圍環境。不過我們還是需要亮光的，等飛狼回來確定暫時沒有危險後，四周亮起黯淡的光，順便映出周邊。

畢竟剛剛有那麼多魔物塞在這裡，所以想要乾淨是不可能的，一眼望去到處都是不明毒物、黏稠液體，某種奇怪的腐爛殘肢和屍塊，一坨一坨不知道啥鬼的黑色物體，每塊地磚上都發出陣陣惡臭，早看不出原本該有的顏色。

確認腦袋狀況比較穩定後，我扶著哈維恩站起身，打量著其實不小的空間。

除去那些魔物留下來的痕跡，首先能看見的就是典型的敘事壁畫，幾乎有個足球場那麼大的空間，不知道原本是什麼用處，但在戰爭後意外地保存得很好，梁柱壁面幾乎完好，沒有爪痕或被抹上穢物的地方，可以很清楚看出不少完整石雕。轉過身則看見一個很像祭壇的石台，後方是整個大空間的主壁，正中間是一個驚雷的圖騰，周邊圍繞許多小幅小幅的圖雕，看起來應該是雷妖精的某些傳說或歷史，我們剛剛就是從巨大祭壇下方出來的，被在這裡棲息的魔物群堵個正著。

所以暴雨妖精的傳送點直接連到雷妖精的神殿某處？

我還以爲會有一個專門的傳送房間？

還是因爲當時戰爭的關係，所以傳送點不穩，或者爲了某些因素改了兩邊的連結地？

我看了眼式青，他正在思考，似乎對於我們出現在這裡也感到疑惑，沒有立刻說話。

「褚的『音』還會持續一段時間，看來這座神殿並非很安全，我們先離開這裡吧。」夏碎學長打破寧靜，看看有點距離、被關上的殿門。

剛剛魔物群就是從那邊走光的，也不知道是誰把門給關上，總之等那些魔物回過神，應該又會撲回來咬我們了。

式青好像這時候才回過神，招呼大家爬上飛狼，說道：「這裡是雷妖精的克彌爾神殿的後殿小祭台，本來的守護都被破壞了，可能其他供奉殿也都這狀況，我們可以去女神殿看看，那邊有一條連結庇護所的密道。」

「雷神殿呢？」夏碎學長冷不防開口。

「也有，不過那是主神殿，我猜應該已經被夷爲平地了。」式青有點無奈地笑了笑，「畢竟雷妖精的聖物供奉在那裡，雷妖精的大結界陣眼也是從那邊運作的，當時邪惡打進來的第一目標就是摧毀這些東西，小祭台沒有重要物品反而比較容易保留。」

「不去看看嗎？」不知道爲什麼，我隱隱有點在意雷神殿，總覺得有個說不出來的感覺直指著外面，但不確定是哪個地方。

式青想想，點點頭；「也好，說不定當年最後反抗的人有留下點什麼。」說著，他就拍拍飛狼的後背。

原本我以爲會從大門出去，不過飛狼們卻直接原地飛高，直到靠近高聳的天花板壁畫之後我才赫然發現天花板和梁柱、四面巨壁的連接點之間居然都有門與通道，在下方因爲視覺角度和雕刻的關係，那些通道很巧妙地隱藏著看不出來。

「島上會飛的傢伙多得是，所以到處都有出入口啦。」式青注意到我的訝異，有點賊地笑了笑。

同時我腦袋也傳來不純良的感慨：「所以說，以前要找姊姊們好多小路啊，眞懷念。」

……

……

這獨角獸怎麼就沒在島上被妖精打死呢。

※

離開小祭壇後，因爲附近還有濃濃的黑色生物氣息，所以我們依然摸黑前行。

雖說摸黑，不過其實隱隱可以看見一些底下的事物。

發現魔物群的感官比我們想像的還要敏銳之後，哈維恩和式青又重新做了大家身邊的保護，確認不會引起注意後我們就搭著飛狼靜靜地從空中穿過。

即使已被毀滅，整座神殿還是散發著幽幽的暗光，原本會自體發光的建築材料雖然被打碎四散，讓提供照明的亮度銳減，不過還是很忠誠地繼續提供破碎的光源，只是這也造成佔地寬廣且八、九成都已毀壞的神殿看起來很像鬼域，加上到處棲伏的魔物，居然比殊那律恩的鬼王領域看起來更像不祥之地。

「咦？」一邊看著古神殿遺跡，我突然感覺到隱隱約約的意識。

和那些魔物不一樣，是眞正有自主意識的黑暗生物。

哈維恩顯然也發現這個存在，無聲地對夏碎學長他們比了個手勢。

飛狼們放慢速度，我瞇起眼睛看著黑色存在的來源，同時式青也直接在我腦袋裡面傳來：

「這裡就是雷神殿。」

雷妖精供奉的主神神殿。

所謂的雷神殿現在只剩中央一個巨大深坑及四周斷得七七八八、幾乎快看不見的石柱，別說什麼妖精聖物，連原本的大結界痕跡都不存在；不過光看石柱基台的部分還是能猜出這個主神殿在全盛時期肯定非常大，剛剛我們待的小祭台偏殿已經不算小，但這個主神殿可能是它的三、四倍不只。重點是這裡並沒有那些小魔物，整個活像隕石坑的深坑中心有一大坨「肉」。

沒錯，就是一坨肉，看不出來形體，只有塊巨無霸泛黑的肉團，上面布滿了紫黑色的血管與筋絡，而且活像在呼吸一樣還會起伏，頻率比我們一般心跳快了一點，隱隱還可以聽見空氣中有「咚咚咚」的細微聲響。

「意識」就是從這坨肉裡傳出來的，不是很清醒，感覺像是半夢半醒的狀態，整個看上去太詭異了，所以我沒有智障地去連結對方，不知道是啥鬼東西，等等爆炸就慘了。

哈維恩瞇起眼睛死死盯著那團肉，然後搖搖頭，表示他不知道是什麼存在，式青也沒有繼續囉嗦。這時候如果魔龍醒著就好了，絕對會一秒用那種老人的語氣把這玩意的來歷報出來，順便再給個一臉「你們這些小孩都沒見識」的白眼表情。

肉團維持著跳動，大概沒發現到我們，毫無動靜。

這種時候最好就是裝死趕快繞過去，以免這東西真的爆炸，電影都是這樣演的，不手賤不會死，一手賤就會什麼東西都噴出來給你看。

其他人也是這個想法，大家都非常有默契地保持最高品質，連飛狼拍翅膀的聲音都靜悄悄的，就這樣原地慢慢地轉圈，準備繞過這個不明物體。

就在這個時候、這個地點，一道聲音冷不防直接鑽進我的腦袋裡，自動自發地主動對我發動連繫，我都還來不及拒絕，這些喜歡逛大廳的混帳們已經出聲了——

「來自黑暗的弟兄嗎？」

「……」

我僵了一下，抬起手，哈維恩瞬間就發現不對勁，按住飛狼讓牠停下。

好吧，這團肉還眞的已經發現我們了。

幸好我沒有感覺到惡意，只能硬著頭皮慢慢釋出稀薄的黑暗力量，小心翼翼地回應對方。

「你是誰？」

那道聲音很低沉，有點懶洋洋的大叔音，很快回答我：「巴烈古……你是哪來的小東西？這島上被白色種族封鎖了，怎麼進來的？」

腦袋交流的同時，底下肉團的震動速度突然變慢了些。

「我遇到時空亂流，不小心進來的。」還好這個老梗藉口已經用爛了，所以我第一反應就這樣回答，同時也確定對方還沒有通過然他們幫我設下的精神限制，無法讀取到我的想法，只能單純對話。

肉團這次沒有立刻回應，而是有點鈍鈍的，好像眞的半睡半醒那樣，過了快要一分鐘左右才再度出聲：「那你太弱了……弱到沒存在感，垃圾羽族的網沒有把你掃開。」

「網？」

「你知道這是什麼地方嗎？」

「我剛來。」這也不算謊話啦，確實剛來。

「那你就別想出去了，找個地方睡覺吧。」

不知道是不是因爲確認了我是黑暗種族，這團肉居然還滿友好的，和剛剛那些二話不說直接撲人的腦殘魔物不一樣。

只是這樣來回幾句，我開始感覺到對方釋出的淡淡威壓，是屬於類似鬼王那種層次的強大力量，沒有打算攻擊我們，僅僅在警告我這是它的地盤，不要想在這裡做什麼事情。

「我馬上離開。」裝作一副很識時務的樣子，我抹了把冷汗，還好遇到的是個睡昏頭的東西，不然以這股力量感可能會讓現在武器無法使用的我們很難應付。

「欸，等等。」肉團在我準備要其他人趕緊跑路時突然又說話：「既然路過，順便幫忙把下面的東西拔出去丟。」

「東西？」

我一頭霧水，正想再發問，下方的肉團突然動了下，左側方邊緣的肉用一種慢速度往上掀，第一眼先看見的就是超級噁心的紫黑色皮下組織與骨骼，接著是一坨坨不怎麼成形的內臟，在那些內臟上還沾黏了各式各樣肢體軀塊，很多都已經被「消化」得看不出來原本是什麼，隨著臟器蠕動的同時，隱約可以看見有不少疑似頭顱一樣的東西在上頭翻滾。

如果不是用力憋住，我可能直接吐在飛狼身上。

黏稠的血液與肉不斷從翻開的肉團上掉落，底下隕石坑幾乎也全都填滿了一樣的東西，簡直就像個肉海，整池的黑血還在冒著泡泡，散發出惡臭和毒氣。

看了式青一眼，我很誠懇地思考，這些原本住在孤島的人們眞的還想回來這裡住嗎？光是這個肉池我就覺得不行，周邊土地也都被腐蝕了，散發出濃濃的死氣。

滿心嫌惡到不行的同時，翻開的一小角肉池裡突然有個地方轉出了漩渦，本來漂浮在上面的臟器往四面八方移開，居然出現了一個通道一樣的空間。

哈維恩突然抓住我的肩膀，眼神裝滿強烈不願意過去的警告。

「這個太煩了，隨便找個地方丟吧。」

好像不打算管我要不要答應，肉團逕自排開空間，將裡面的東西露出來——是一根全黑的棍狀物體，上面包著發黑的死肉，看不出來內容物是什麼，不過這一整根比兩個我還要大，也有可能是因爲包裹的血肉造成現在看到的體積。

簡單地說，身爲在場最正常的普通人士，我可能扛不起這個水泥管一樣的東西。

就在大家都沒動靜的時候，肉團的威壓突然加大，滿滿的不耐煩，看起來是在催促我。

哈維恩皺起眉，朝我們打了個手勢，接著也不管我的阻止，突然翻身就往下跳，幾個術法墊腳，眨眼就到了那個肉團水泥棍旁邊，嚇得我趕緊對肉團說：「我的人過去拿了，馬上就走。」

肉團大概是只要有人拿就好，也懶得理是不是交談的我，反正沒有吭聲，也沒有把哈維恩蓋掉，就這樣維持著漩渦空間讓夜妖精把整根比他還大的肉柱扛起來。

顧慮到飛狼一定不肯載這種東西，哈維恩並沒有回到我們這邊，而是瞬間從原地消失，氣息再次傳來時已經遠離有些距離了。

肉團重新把肉池覆蓋，又變回一大團肉的樣子，滿意地塞回去，不再說話。

我全身寒毛都豎了起來，但不能馬上衝出去，只好等飛狼們慢慢退出肉團的隕石坑區域，接著快速往另個方向離開。

不久後，在另外一個半毀的小殿重新與哈維恩會合，我才放下心。

第七話　妖精古都

哈維恩選的地方是我們往雷神殿路過時的小殿，附近沒有魔物。

他在到達時已經布好結界，等我們一降落，結界立刻把周遭覆蓋住，直接與外界隔離，當然也儘可能隔開肉團可能的追蹤。

小殿屋頂都沒了，只剩下一面倒了一半的牆壁，附近全都是大小石塊，沒有屍體骨骸，意外地還算乾淨。

「那是什麼？」我把剛剛和肉團的交談告訴其他人，心有餘悸地回頭看了肉池的方向，還是覺得腸胃不適。

「巴烈古是當時進攻的魔將之一，當時闖進島上的邪惡領首是血地魔王，手下四名魔將軍裡的一個，血地魔王已經被獨角獸王、羽族首領聯手擊斃，巴烈古看來也在雷妖精這邊被打碎軀體、還在修復。另一方邪惡勢力則是供奉邪神的黑色種族兀圖族，兀圖首領被飛狼王擊殺。兀圖是一種獸王族，一直和我們獨角獸有仇。」式青大概是看我不懂，多解釋了兩句：「近似你們原世界的牛型獸王族，不過性好血腥，幾千年前被我們獨角獸驅逐很多次。」

我對像牛魔王一樣的東西比較沒興趣，在意的點還是那個肉團，畢竟肉池帶來的心靈衝擊有點大……也就是說那一池血肉都是魔將軍的肉體囉？那它的本體感覺超巨大的。

既然一個魔將就已經這麼噁，那剩下三個呢？

回過神，我看見哈維恩和夏碎學長等人正在圍觀那個肉塊水泥柱。

「這又是什麼？」根據我的體驗，妖魔不喜歡的東西通常就是白色種族的東西，難道是神像還是什麼聖物嗎？

看這形狀好像很有可能。

哈維恩是苦力實做型的，直接揮出彎刀削了過去，包裹在上面的黑色死肉好像也沒有特別處理過，居然馬上就被削開一大塊，同時蔓延出毒素，毒霧飄出來時沾染到結界，發出一陣臭氣，竟然腐蝕掉一小部分，這讓夏碎學長和式青、飛狼立刻往後退開。

我調出從魔源石那裡得來的黑色力量，慢慢把那些黑暗毒素捲起，送到結界外。

哈維恩看著一樣被腐蝕的彎刀，嘖了聲。身爲黑暗種族的我們只好用黑色力量剝掉一層層死肉，又要小心翼翼地排掉毒素，整個搞下來也浪費掉不少時間，好不容易終於隱隱約約看見了被捲在裡頭的東西。

死肉層比我們想像的還要厚，以至於最後顯露出來的東西其實很小，而且也不是想像中的神像或者什麼聖物，而是一個嬰兒大小的琥珀……應該是，我看顏色和樣子都很像，裡面還包著一隻拳頭大蜷縮著的鳥。

我們把大堆死肉丟出結界，夏碎學長他們才終於可以靠過來。

「夜空鳥。」式青嘆了口氣：「那年剛出生的幼鳥，原來也沒送出去。」縮在裡頭的幼鳥已沒有生命跡象，可能是因爲本身還具備某些基本力量才被魔將丟出來。

式青把夜空鳥幼雛的屍體收起來，我們再次確認沒有被魔將盯上、也沒有其他魔物尾隨，才重新出發往女神殿移動。

然而這次運氣就沒那麼好了，到達目的地後發現女神殿也整個被搗毀，只剩下一個大洞，周邊散著屍骨和破碎的建材，所謂的地下庇護所也早就完全消失，繞兩圈什麼都沒發現，兩隻飛狼不由得垂頭喪氣起來。

稍微再轉了幾圈，其他地方也還是什麼都沒發現，於是我們離開了神殿的位置，進入雷妖精的都市。

不知道是不是因爲邪惡比較痛恨神殿，雷妖精古城市被破壞得居然沒有神殿區那麼嚴重，雖然也有不少房子崩毀，但保留下來的也很多，而且徘徊在這裡的魔物很少，不少地方的陣法還留存著在運作，讓我覺得很意外。

然而想想，式青他們說過主要對抗的聖物和大結界都在神殿，那就難怪妖魔會集中搗碎神殿了，保護神殿和城市的大結界一毀，剩的也就是衝上街進行清掃屠殺而已。所以一路看來雖然建築物保存下來的很多，但也滿街殘骸，男女老少都有，在永恆術法下還能看見不少鮮活的屍體，凍住了死亡前的驚恐。

雷妖精的城市不算小，來之前我預計應該是個城鎮規模，沒想到大概是一個「市」的大小。神殿區的佔地已經出乎我意料之外，城市本體就更大了，可能比當初看到的綠海灣還要大上兩、三倍，如果用走的大概一天走不完，連飛狼在天空飛行都還要飛一點時間。

城市建築物很多是使用石材，而且是一種白灰色的材質，後來哈維恩跟我講解，才知道是孤島本身出產的特殊石料。

這邊的城市風格其實和雅典那些古文明很相似，畢竟也是數千年的古城市，各種大小雕刻壁畫少不了，乍看之下還有點近似燄之谷，只是加工上細膩太多，妖精的美感和手工都很好，四處可見用心的雕畫和細琢的痕跡。

雖說是雷妖精的城市，不過居住在這裡的妖精還是有幾個種類，大戰來臨時死成一團，且混入不少幻獸，飛了一會兒之後在幾個屋頂也看見翅膀被撕下的羽族骨骸，證實了古城當時被襲擊得很突然，撤退時異常慘烈。

我們沉默地看著底下的一切，至今還在運作的照明系統用幽幽的光芒覆蓋著那些屍骸，就連不是原住民的我都被感染了那片故鄉沉淪的淒涼與辛酸。

於是我也自然地想到，過去妖師一族經歷過幾次像這樣的慘況？

在外界不知道時被襲擊，在外界來不及援助時從這個世界上消失？

其實說到底，黑色種族與白色種族都一樣，今天孤島被毀滅沉淪，明日就換成妖師一族被全面斬殺，然後兩方的後代恨來恨去，幾千年至今還是沒有平息。歷史輪迴，時間長流，所有的事情畫成一個大圓，從終點又邁向了起點，我們依然在手刃他人，他人也還在奪走我們周邊的一切，因和果從來都不會停止或結束。

低下頭，我摸了摸手環上的紅色珠子，想起「他」最後擔心的事情。

就在集體低氣壓籠罩之際，哈維恩突然拍拍飛狼，讓行進停下。

「有活物。」

夜妖精這麼說。

※

飛狼停止的下方是一片沒被摧毀的住宅區，各種小屋半沉入黑暗當中，如果不是哈維恩開口，其實沒人注意裡頭有什麼。

「我沒感覺到有白色生命。」式青搖搖頭，嗅覺很好的飛狼們也眨著大眼睛，很疑惑地看著夜妖精。

「他把氣息遮掩了，我看見有人跑過去。」哈維恩皺起眉，雖然有點懶得解釋，不過依然盯著下面的小屋群比劃個方向。「應該是妖精，不是黑色種族或魔物。如果不是我的主人在意，我也不想告訴你們。」

夜妖精的夜視能力是很好的，我們幾個互看了一眼，決定相信哈維恩的話，讓飛狼降低高度，去探查是不是眞的有妖精還活在這一大片毒霧裡。

幾千年的沉淪永封，其實我很懷疑這個「活物」還正不正常，畢竟很多小魔物的腦子都秀逗了，現在只剩下本能，看到人就咬，活生生的妖精關在這種地方怎麼不會瘋掉，是我都直接變成大魔王毀滅世界了。

哈維恩示意我們降到一個很普通的三層建築物屋頂上，然後比個噤聲的手勢，很快他便自己消失在黑暗當中，去追那個不明活物。

等待期間我看了看夏碎學長，他還一臉沒事的樣子。

說起來，那個小灰影是邪神碎片，我們去過的那個黑術師空間也有邪神祭壇，而且位置就在孤島附近的海域上，那和攻打孤島的牛魔王族有關係嗎？他們好像就是供奉邪神的黑色種族……該不會那個祭台是那些傢伙製作、打算屠殺孤島，讓邪神從這邊降臨吧？

仔細想想搞不好還眞有這種可能。

孤島被封鎖之後，祭壇也沒成功啓用，結果就這樣被黑術師拿走，養了食魂死靈想重新弄出邪神，確實很像黑暗同盟會幹的事情。不過裂川王八蛋應該不知道他手下黑術師在搞事，不然邪神應該早就噴出來了。

現在公會介入，祭壇應該很快就會被處理掉，他們應該也有辦法對付小灰影，反而不須要太在意外面的狀況。

「不用太擔心，時間內我有自信可以掌握身體狀況。」夏碎學長走過來，應該是察覺到我的想法，淡淡地勾起笑容。

我用一種一言難盡的感覺看著對方，很想抓著他領子大喊明明比我更人類，就要好好像人類啊，說好要弱不禁風和啊啊啊啊啊呢！

夏碎學長彷彿沒感受到我瞪著他的怨念，還是笑得溫文儒雅，一臉在悠閒逛街一樣，然後說道：「你的幻武兵器有自行修復了嗎？」

「魔龍的有點恢復了。」我覺得夏碎學長問的也是魔龍，畢竟這個地方充滿大量黑色力量和毒霧，對魔龍而言恐怕是他很喜歡的環境，應該可以開始把那些集中好的魔源石灌給他了，相反地，米納斯就沒任何動靜，可能得離開這裡才行。

夏碎學長點點頭：「我的也有點復甦，不過速度偏慢，離開之前還是無法使用，你要自己多小心。」

經過肉團的事之後，我也可以感覺到他們的擔心，畢竟我是裡面實力最差的那個，連哈維恩都比平常還要小心，走前鋒的事情他都快包攬了，大概就是很怕我轉身暴斃在某個地方……

雖然我已經和四日戰爭前的實力差異不小，然而還是這群人裡面偏弱的，兩隻飛狼真正打起來八成可以比我凶猛。

夏碎學長見我心裡有數，沒多囉嗦什麼，悠悠哉哉地又去附近閒逛，還順便點開殘存在屋頂上的小陣法。

趁著這個時間，我窩在角落坐好、閉上眼睛，雖然之前有舒緩過頭痛，不過腦袋還是悶悶的，尤其是遇過肉團後又開始轉痛，得趕快抓緊時間休息。

雖然是這麼想，不過幾分鐘後平空炸出的黑色力量還是打斷了小小的休整時間。

猛地睜開眼睛，我看見空中落下的黑影挾帶著一股尖銳恐怖的殺意朝我們這邊屋頂劈下來，周遭的毒氣與黑霧被他的力量捲進來，形成肉眼幾乎可見的巨大刀刃，來勢洶洶。

夏碎學長抬起手，兩側突然閃過有點黯淡的金色光芒，穿著鎧甲的武士輪廓揮出大刀，氣流組成的形體與黑影對撞，震出驚動此區生物的聲響。

畢竟已經被發現了，所以夏碎學長並沒有打算留手遮掩，另一側同樣四、五層樓高的幻影武士砸下斧頭，把攻擊者敲入地面。

我再次祭出銅鈴，街道上甦醒的少量魔物一頓，全部停留在原地。本來還有點慶幸數量不多，可以不用炸腦，然而在我察覺黑色生物的意識時，還是生起了某種意料之內的憐憫感，並傳遞語言過去，試圖建立連結。

看了我一眼，夏碎學長讓兩名式神停手，改爲警戒護衛。被砸進地面的黑色存在緩緩升到空中，青色的眼睛充滿敵意掃視著我們，在看見式青與飛狼們時停頓了下，露出某種不解的反應，接著瞇起眼，好像在努力思考他們是誰。

這是鬼族，正確地說，是扭曲成鬼族的妖精，外表還維持著人形與一點點妖精的特徵，然而整體已經是鬼族的樣子，泛青的黑色皮膚上覆滿蛇一般的鱗片，腦後背脊也長出尖銳的刺與鬃毛，看起來異常不協調。

式青死死盯著鬼族，很顯然認出對方的身分。「馬歇……？」

「……誰？」鬼族冷笑了聲。

「雷妖精的城市護衛隊隊長，馬歇爾．利雷特。」式青停頓了下，露出失望的神色，搖搖頭。「你已經不是了。」

鬼族發出陰森的笑聲，用一種看死人的眼神再次看了式青等人，接著轉向我，語氣也比較和緩：「你在和我對話嗎？黑色的同伴？」

我點點頭，釋出了一丁點恐怖力量，鬼族原本有點輕佻的態度瞬間變得恭敬了些。不知道是不是妖師的身分和存在都刻在黑色生物的基因裡，即使這種在島上扭曲的鬼族，一感受到稀薄的黑暗血脈，都馬上顯得親近和小心。

「這裡是你的地盤？你是誰？」把銅鈴交給旁邊冒出來的小式神，我揹著手，參考記憶裡深的面癱，努力擺出一張被欠三百萬的死人臉看著對方。力量感的話，這個鬼族明顯低於萊斯利亞他們，應該是有意識的中階鬼族，所以剛剛才會被夏碎學長的式神轟下去，眞的打起來我們應該不會輸。

聽他與式青的對話，這鬼族八成扭曲之後完全遺忘本來的記憶，直接成爲凶惡的存在。

鬼族慢慢降到屋頂左側的牆上，歪著腦袋看了我一會兒，可能是感覺不出來力量做假，於是乖乖開口：「我名雷特爾，此處是我的統治區。」

「統治區？」我想想，問道：「雷神殿是巴烈古的地盤？」

鬼族點點頭。

喔，這下就可以確定了，孤島上已經被這些關禁閉的邪惡勢力劃分，看來他們被關在這裡這麼久也是有區分勢力範圍的，難怪一路走來魔物有多有少，分布散散的，不太相同。

「那你……」

還沒進一步捕捉對方的心語，距離我們差不多一條街左右的地方突然爆炸，原先制住魔物的音氣流被打散，那些魔物立刻朝那個方向衝過去。

鬼族也沒管我們，瞬間消失在所有人面前，筆直地往同方向衝去。

這秒我一樣想過去，因為爆炸出來的力量感有一半屬於哈維恩的，顯然他在那邊遭到攻擊，而且他還沒有用暗殺的方式幹掉對方，兩邊直接對撞，炸了個驚天動地，連我們這裡的地板都跟著搖晃。

還沒跳上飛狼，那邊的騷動已經又往我們這邊衝撞過來，而且速度快到兩個武士式神都沒攔住，被打飛的人直接撞在我們下方的街道上。

我連忙跑到那邊的牆壁往下看，果然是被打過來的哈維恩把地上撞出一個洞，幽暗的燈光下可以看出他竟然受傷了，而且傷勢還不輕，周圍濺出一圈血，夜妖精面無表情地摀著手臂，受創的深色血液不斷滴落。

眨眼之間，另一抹青色身影直逼到哈維恩面前，迸發強烈殺意，長刀砍下，不過並沒有砍在黑色種族身上，而是在半路就硬生生地停住。

不知道什麼時候閃身到哈維恩面前的式青兩根手指夾住刀鋒，周身環繞出一種我們從來沒有看過的清淨氣息，還泛著淡淡的金色光澤。

「住手，拜里。」

「式青？」

兩個聲音同時響起，穿著青色衣衫的人朝我們的方向和後頭追來的鬼族各看一眼，幾乎是瞬間判斷出了什麼，他抬起空著的那手往地上摔了個東西，青色的光炸開，我和夏碎學長等人腳下猛地同時出現一模一樣的小陣法，還沒辨認是什麼，四周景色眨眼模糊。

傳送陣？

※

不明陣法發動得極為迅速。

我回過神時已經被帶到截然不同的地方，不是充滿死亡氣息的殘敗，先嗅到的是淡淡的青草香氣，接著是一棵高聳通天的巨木。

品種不明的巨大樹木像是保護傘般往四面八方伸展出枝椏，與黑色的天空格格不入地長滿翠綠色的樹葉，幾乎每一片都帶著微弱的光，讓環境格外清新，也驅散外界的毒素、邪惡。

站穩腳步，我連忙回過頭，夏碎學長與兩匹飛狼都在，哈維恩也第一時間回到我身邊，一個都沒缺。

穿著青衫的人就站在我們不遠處，從式青手上收回長刀，甩掉上面的血珠之後收回刀鞘。做完這一連串動作，他才拉下斗篷帽和面罩，露出一張五官立體的帥臉。狹長的淡綠色眼睛正疑惑地看著我們和式青，早先的濃濃殺意已經整個收掉。

從他的樣貌特徵看上去，應該是個妖精。

「你們……」妖精停頓了下，往我與哈維恩看過來，說：「我以爲……黑色種族和邪惡是一起的，他追上來時我才砍他，先治療吧。」

哈維恩冷哼了聲，倒是自己走去旁邊包紮。

我看他的傷口還滿嚴重的，上手臂都見骨了，傷口很長一條，差點整條手都被砍下來。

這個妖精的實力在哈維恩之上，然而式青剛才卻很輕鬆地擋下那一刀，所以這隻色馬以前

都在用智障隱藏實力？

「這是拜里．卡歐斯，原本應該是這裡雷妖精首領的下一任繼承者。」式青看氣氛有點尷尬，咳了聲，連忙介紹妖精，然後也告知對方我們幾個的身分，不過介紹到我的時候只說是黑色種族與人類混血，並沒有透露妖師的身分。

雷妖精做了一個大概是禮貌性的手勢，然後對著式青皺起眉：「你……不是逃離了？」

我注意到他說話時好像都會微微停頓一下，似乎很久沒有和人交流，須要思考用句。

「我們一直在外面流浪，這次因緣際會遇到一個裂縫，好不容易才回來。」式青抓著雷妖精的肩膀，有點急促地說：「還有其他人也活著？島上時間混亂，你們在這裡多久了？」

根據他們兩個的說話方式和動作，我隱隱覺得他們以前應該滿熟的，雷妖精都沒有質疑跟在式青後面的我們，感覺很放心他帶來的人。

「不知道……可能、八百多年……？」雷妖精搖搖頭，似乎對混亂的時間沒有準確的計算，「有的地方比較快，有的慢，大樹這裡八百多。」

那麼就是這裡的時間流速比較慢了，孤島沉淪好像也是四千年前的事情，雷妖精這邊才感覺八百多年。

「還有人活著，我一直在搜尋……永凍沉睡者，但島內太危險，沒有將他們解除。」雷妖精說著，拍拍式青的肩膀，又看了我們，做了一個跟他走的動作，然後就扭頭帶路，邊說道：

「瑟菲雅格沉淪之後，最後留下的羽族把聖樹降在這裡，這是島上唯一的乾淨地……被攻擊了很多次，範圍縮小很多，不出去搜尋時我就在這裡深眠。」

「只有你是醒著的嗎？」我忍不住發問，雖然他講話有點鈍鈍的，不過還不到完全忘記語言的地步，顯然平常還是有人可以對話，只是應該很久才講個幾句。

「不，綠妖精武士還在，還有羽族的大祭司。」雷妖精帶我們走進巨大樹木下的一個開口，像似活著的樹等到我們所有人都進入之後，那個「門」竟然就在我們後頭併攏起來，前方同時出現環狀階梯，還伴隨著綠葉照明。

可能是八百年來第一次看到流亡的同鄉回來，雷妖精的話也慢慢變多，大致上都是告訴式青大樹內還有哪些被他們搜索回來的沉睡者。

根據他的說法，那天永恆術法降下，大部分的居民都進入永凍被海水送離，但有一部分來不及逃出，散落在島內各處，就像我們早先搜索到的小村莊一樣；而不受永恆法術影響，或者能力較強、選擇不被影響的人殿後，又死了一大波，包括獨角獸王也是在海域那邊保護最後一批居民離開才活生生被車輪戰磨死。

孤島沉淪之後，沒有進入沉睡的倖存者已經很少了，他們放棄逃出海外的唯一機會，也沒有永凍，更沒有藏入庇護所，抱持著同歸於盡的心態不斷與源源不絕的邪惡交戰。

隨後一樣留下的羽族大祭司聚合了孤島和浮空島最後的生機，把羽族居所的聖樹安置在這個地方，幾百年之後，能行動的就死到剩下他們三個人，有的在漫長的時間裡被黑暗毒素影響扭曲，成爲邪惡一員，不過從各處搜尋回來的永凍者卻多達六十餘人，只等著漫長的時間中能見到曙光。

所以終於看見了式青，即使只有寥寥幾人，他還是很開心的。

先不說式青到底能不能把他們帶出去，光是知道當年離開的人大多都順利活下來，大家也四處奔走在找回居民，而且還繁衍後代，雷妖精就非常欣慰，似乎在無聲地欣喜著他們的決定沒有錯，犧牲也沒有白費，死了滿島的居民，他們依舊換來後代的安全。

我看著雷妖精，莫名想到當初決定要隱藏蹤跡的妖師一族，做出那個決定的首領看著現在的妖師們，不知道會有什麼感想？

偏過頭，正好對上哈維恩還在生悶氣的臉。

「欸，他比你大很多，打輸正常的，不要生氣了。」我有點好笑地拍拍夜妖精沒受傷的手臂。走在前面和式青交談的雷妖精在這裡就活了八百多年，還不算他以前的年紀，這八百多年來還都在滿是妖魔的島上搜尋活口，又得帶著沉睡者全身而退，高強度戰鬥這麼久的時間，說身手不好絕對是騙人的。

哈維恩看了我一眼，搖搖頭，也沒解釋什麼，不過神色稍微放鬆了點。

難道不是在生氣打輸？

「對了，羽族在島上最後的那位大祭司我記得……是流越小美人對吧！」前面突然飄來一句話害我差點腳一滑，本來以爲式青這傢伙在面對自己故鄉正事時會變得很正經，結果還是帥不過三秒，每次覺得他眞的正經了，下面就來一句不正經。

「是流越大祭司沒錯。」雷妖精似乎很習慣他的用詞，一點都不訝異地回答：「羽族的海熒、蜃光兩位大祭司和魔將軍交戰都死了，流越大祭司剛上任……他們要他守護大陣，所以還在。流越大祭司一直很懊悔……所以很辛苦支撐聖樹到現在。」

式青拍拍友人的肩膀，嘆了口氣：「我記得我們一起參加過小美人的上任典禮，但是我已經忘記參加的人的面孔，連你我都覺得有點陌生了。」

「嗯，外界四千年，忘記應該的。」雷妖精安慰地說道：「你回來，相信他也很開心，綠妖精的武士是帕尼恩，記得？」

「啊，小不點帕尼，居然是他活下來。」式青感慨地回：「他以前都想摸我的角，因爲一點也不可愛，我都把他踢去海裡，有次踢太遠了他還被鯊魚追。」

……

……原來他有覺得不可愛的妖精。

聽他們在敘舊，我突然驚覺原來這獨角獸不但很老，而且還從很久以前就好色，到現在還在吃嫩草，簡直該被雷劈。

簡短聊天結束的同時，雷妖精也帶我們踏上最後一級階梯，出現在我們面前的是個相當廣大的空間，約莫兩、三間教室大小，有桌有椅與幾件簡單的日常用品，看來是個大廳，樹身內的大廳兩面都開著口，連結到外面巨大的枝幹上，其中一邊站著個人，背對著我們，不過一雙黑色大翅膀極爲顯眼，不用猜都可以知道絕對不是綠妖精。

「對了，你現在千萬別再叫他小美……」

雷妖精的話還沒說完，直接恢復成獨角獸的色馬已經一個箭步衝出去，朝毫無防備的羽族身後撲。

沒想到還沒撲到，色馬不知道撞上什麼，哐的很大一聲，直接反彈回大廳裡，還摔個四腳朝天。

站在地上的小飛狼們目瞪口呆，原地僵硬。

這時淡淡的聲音突然從我腦袋裡傳來，分辨不出是男或女，就是很淡的一個「音」，而且看起來夏碎學長他們也都收到了。

「誰？」

看來又是個精神系。

第八話　滅團提議

羽族慢慢轉過身。

雖然站得有些距離，不過還是可以看出他的穿著打扮，整體是黑色的古老長袍，衣料上有一些複雜的暗金色圖騰，好像只穿了半套，因爲這種質料很好、看上去又有某種代表性圖騰的古代長袍應該外面還有個兩、三層，也會加上很多飾品才對，但這名羽族似乎只穿了基本的那件底袍，頭部也蓋了一塊很長的黑色布料，連著黑色大翅膀，讓他整個人看起來就像個剪影。

「……這些是誰？」

淡淡的聲音再次傳來，還是沒什麼感情，只是對這些多出來的生命體感到疑問。

色馬從地上蹦起，恢復人形，張嘴就哇哇叫：「小流美人，是我啊～～」

「你……？」

這次我確定羽族的交談是集體了，他連在回答式青的話都傳進我們腦袋裡，彷彿眞的在開口對話一樣。

「式青，獨角獸。」注意到羽族怪怪的，式青也沒有吵鬧了，小心翼翼地開口：「獨角獸王見證羽族大儀式時，我在他的旁邊。」

「是我們島上的人，他們好不容易找到裂縫才能回來。」雷妖精拜里連忙補上這句，然後低聲地告訴式青：「流越在搜索沉睡者時受過重創，有些細碎的記憶遺失了。」

式青皺起眉，不過還是再次說道：「我跟你說過蜃光大美人洗澡的地方有洞可以偷窺，你還不信，傻傻的，蜃光大美女身材有夠好的說！」

……這什麼卑鄙無恥的獨角獸？

不過羽族還真的對這句話起反應，很快就回答：「不，你什麼也沒看見，蜃光大祭司淨身都會設置結界……你是式青？」

「對啊，我看著你長大，你小小時候我還載你去我們獨角獸的聖地摘水果，想起來沒？」式青一臉懷念地往前走，這次沒有被彈開，他在羽族五步遠左右的位置停下來。「你怎麼穿這樣？以前不蓋臉的不是？」

羽族動了動，緩慢地抬起手，蒼白的手指從黑色長袍裡伸出，做了一個似乎把頭上布料掀開一角的動作，但因爲角度正好被式青的後背擋住，加上羽族身形比式青矮一些，所以在大廳的我們並沒有看見他的面孔，只聽見式青又嘆了口氣，伸手把那塊布按回去。

「……你會把我撞到海裡了。」羽族淡淡地聲音透出有點開玩笑的意味。

「你還是我的小美人，和蜃光大美女一樣永遠都漂亮。」式青隔著布料摸摸羽族的頭，接著語氣又輕鬆起來：「聽說你們在這裡八百多年了，真虧你們住得下去。啊，我介紹一下客人，裡面也有小美人，是個人類。」

那個人類肯定就不是在說我了，而是旁邊一直沒開口的夏碎學長。

跟著式青的腳步，羽族踏著枝幹走進大廳，背後的翅膀收起，原本好像就不怎麼強壯的身軀看起來似乎瞬間縮水了，不過還是略高我一咪咪就是。

「妖師、夜妖精、替身一族。」羽族沒有等式青介紹，立即說出我們所有人的身分，旁邊的雷妖精震了下，瞠大眼睛看我，好像我詐欺他。

「嗯對，都是好人，這妖師還跟白色種族住在一起，蠢蠢的好小孩。」式青不知道是在誇我還是在罵我。「不過多虧他們，我才能夠回到這裡，可是時間很短暫，最多三天就得離開。」

「是因爲這位的關係嗎？」羽族突然轉向夏碎學長，說道：「邪神的傷害，人類的身軀的確撐不了太久。」

「你有辦法處理嗎？」見對方一眼點破夏碎學長的傷勢，我連忙湊上去問。

「暫時壓制可以，不過要根除……以前可以，現在法器與神廟不在，必須要離開這裡才有辦法。」羽族停頓了幾秒，再次往夏碎學長伸出白得沒血色的手指。「介意嗎？」

「先感謝您的幫忙了。」夏碎學長非常有禮貌地低下頭，把自己的身體完全交付給對方。

細小的銀色光芒從羽族指尖綻開，然後貼到夏碎學長受傷的部位。

我緊張地盯著他們看，這瞬間突然想到另外一件事——式青並沒有對夏碎學長的傷勢表現意外，他早就知道了？

用手肘撞了一下青年，我壓低聲音：「你們退潮期到底多久？」

式青拋了個媚眼給我，嘴上沒有回答這個問題，不過我腦袋卻傳來他的聲音：「半個月。」

也就是說，一開始他就發現夏碎學長的傷勢了，而且知道夏碎學長最多只能撐三天，所以才騙我們說退潮期只有三天，其實是想要在時間內退出來讓夏碎學長得到治療。

他明明有半個月可以搜索他的族人。

我重新看向獨角獸青年，突然覺得這傢伙以前爲了隱藏自己來自孤島的身分，裝瘋賣傻也裝得太離譜，直到現在才露出一點點眞面目。

誰才是蠢蠢的笨蛋。

獨角獸化成的人形不再看我，而是看著雷妖精、羽族，眼底終於透出一抹柔和的光芒。

※

流越的治療花了一小段時間。

等他收回手，差不多也過了將近十分鐘，一直緊張兮兮的我終於放下了點什麼，連忙靠到夏碎學長旁邊。

稍作檢視，夏碎學長勾起微笑，朝流越行了一個十分正式的感謝禮。「辛苦您了，真的相當感謝。」

「不用在意，雖然已經幫你壓制傷勢，但還是要快點去找人幫你治療。」流越想想，繼續傳來聲音：「一年半載內不會有問題，只要在根除前小心點不要再被邪神力量襲擊就好。」

聽他這麼說，我也鬆口氣，看來夏碎學長還有一年左右的時間可以作孽，都夠我們等到退潮期結束再離開了。

「我先去準備一些食物給你們……沒有長期沉睡，很需要補充。」拜里才剛轉頭，猛然又轉回來，然後對上站在旁邊、一臉陰森的夜妖精：「抱歉，黑色的弟兄，在城市裡我們必須保護自己，不能相信靠近的任何黑暗事物，把你誤傷了。」

「沒關係，我看到陌生的白色種族闖進我的領域也會砍。」哈維恩表示自己沒有放在心上，「你很厲害。」

「雷妖精原本就是戰鬥妖精，我是繼承人，本來就會很厲害，不過夜妖精是導讀輔助的存在，你卻出乎意料地很強。」拜里說著，突然冒出有點惺惺相惜的語氣：「如果是以前，眞的很想和你交個朋友。」

「現在也可以交。」哈維恩突然釋出連我都驚訝的善意。

我靠，聽到他要和白色種族交朋友眞的有嚇到我，對方還砍了他一刀，這就是傳說中互砍交友法嗎？

武力派的腦袋果然都很神奇。

接著兩妖精居然就這樣氣氛友善地一起去準備食物了，而且還是哈維恩先說他身上也有食材要幫主人準備食物，於是相偕離開，嚇得我都快以爲他是不是被湖水女神換過。

所以他剛剛到底在不高興什麼？

不是因爲被砍也不是因爲雷妖精，他還有什麼地方出問題？

我努力思考了一會兒還是沒有想出來，只好晚一點再問看看了，希望哈維恩會想告訴我。

再次把視線放到大廳裡剩下的幾個人身上，兩隻縮小的飛狼已經自己找地方窩著，可能這裡的氣息很乾淨又安全，所以飛了一路的飛狼們也打起瞌睡，很安心地放鬆。

「怎麼沒看到帕尼那小鬼？」

回過神，式青剛好問了這句。

「他在沉睡。」流越回答。

按照他的說法，因爲留存的只剩他們三個，加上在這種地方其實很沒有希望，以及搜索的消耗很大，有時候會重傷也須要修復，所以他們經常輪流「冬眠」，每次一或兩人沉眠，時間會長達一至兩年，依次輪流。

「半年前他被妖魔打傷，所以還在深眠。」坐在椅子上，流越說著。

「……這次我們好不容易進來，我認爲應該在退潮期結束前可以循著原路出去，既然你還活著，這個可能性就更大，你們也一起離開吧，帶上所有的永凍者。」式青盯著從頭黑到尾的大祭司，語氣有點無奈和酸澀。「你們撐了這麼久，夠了。」

「你把拜里和帕尼帶走，既然你們也找到了永凍者，那表示可能在某個地方還有沉睡的人，獨角獸王、飛狼王和雷妖精城主臨終前託付羽族保護無辜的居民，我們會守諾。」流越分不出是男是女的傳音凜然地回應：「海熒、蜃光兩位大祭司也會如此希望，這是我們羽族該做到的。」

這話聽起來可麻煩了，感覺就是個不管如何我就是要獨守家園到最後一刻的固執類型。

我覺得我可以感受到式青頭很大，他進來之前只打算用三天儘可能碰運氣找一些沉睡者，沒想到運氣太好，連活著的倖存者都找到了，站在他的立場，一定是想全都帶走，畢竟我們也在島上看到了危險，而且下一次能進來孤島是什麼時候沒人知道，他現在顯然很爲難。

還有，我覺得在這種環境下還能堅守到現在的這三個人，八成想法會很像，搞不好等等雷妖精也會說一樣的話。

「我想打昏全帶走。」式青咬牙的聲音在我腦袋響起，他應該很糾結，糾結到都用天線找我抱怨了。

我看了眼獨角獸青年，用眼神表示我也同樣想法。

跟這種固執的傢伙們講道理太浪費時間了，敲昏帶走最快，醫療班都這樣幹。

「很抱歉，雖然是島上的事情，我這外人不太方便插嘴。」一直不知道在想什麼、保持安靜的夏碎學長突然開口：「不過我能與您單獨談談嗎？」

流越可能愣了幾秒，又或者他接受夏碎學長的請求，總之我們這邊應該是被關了空中聊天室，有一小段時間沒再聽見羽族說話，夏碎學長也沒繼續開口，而是坐在原位，閉上眼睛。

又過了一會兒，拜里與哈維恩返回，兩人看了大廳氣氛立刻進入狀況，沒去打擾正在顱內溝通的兩人，而是無聲地朝我們招招手。

孤島上要有肉食是難了，這點不用解釋我也知道，所以雷妖精準備的是很簡單的一些生菜與不明品種的紅色果實，倒是哈維恩拿出的儲備糧食豐富不少。基於可能還要在這邊待點時間，善於管東管西的夜妖精很實際地沒有弄出大魚大肉，而是拿少量肉乾、蔬菜乾，用解壓縮的方式烇煮出一鍋香味濃郁的湯，搭配雷妖精的生菜水果，另外再加上幾大塊乾糧。

一路走來又餓又累，於是我們留好另外兩人的分量，拍醒小飛狼們就先開動了。

吃飽後我開始也有點想睡，主要還是精神力沒完全恢復，腦袋一直沉沉的，處於安全的環境裡一個鬆懈就更想昏迷。

哈維恩馬上注意到我的狀況，低聲向雷妖精借了個房間，因爲我也需要，所以就不客氣地跟著指引走。樹身裡的房間並不豪華，與大廳一樣以機能性爲主，打開後裡面只有一張床和一套桌椅，沒啥好挑剔的。

撲到嫩葉組成的床鋪後，我直接陷入黑暗。

急著想休息，除了要緩解腦痛之外，還有連結。

半夢半醒的黑暗當中，我隱隱能夠感覺到有東西一直嘗試著想與我對話，非常熟悉的感覺，而且還挾帶一堆亂七八糟罵人的話。

我讓意識更下沉一些，專心於重新接上對話。

慢慢地，聲音開始清晰起來——

「你這個愚蠢的弱雞！」

黑暗裡，沒有看見魔龍的身影，他暴怒的罵聲好像也隔了一層不知道是什麼的東西，聽起來有點模模糊糊的。

不過看來他的狀況還行，我也鬆了口氣。

「找死嗎混帳！誰教你跑進去妖魔巢穴！」

喔，看來他還知道外面發生什麼事情。

「你們怎麼了？」我想想，還是先問問幻武的狀況，「米納斯和老頭公還好嗎？為什麼東西都被破壞了？對你們會不會造成影響？」

雖然看不見，不過可以感覺到魔龍暴跳如雷，被小灰影搞了這麼一齣他應該也很幹。總之他超級不爽地回答我：「本尊還好，這地方可以讓本尊加快恢復，你把拿到的東西都灌給本尊就對了；那女人和老頭要花點時間，你是腦殘嗎，為什麼放給邪神靠近你們？你們這種弱小生物根本連碎片都擋不住好嗎！」

「誰知道那是邪神碎片。」我沒好氣地翻翻白眼，如果不是因為鬼王提示，哪可能曉得。

「……那傢伙會垂直抽取力量，你們就是無防備太靠近，差點連靈魂都被抽走，如果不是我們幫你們擋了一下應該死光了。」

「擋一下？」

「對啊，你們那些幻武、武器符咒不是都被破壞嗎，那是因爲我們幫你們擋了，瞬間被抽取大量靈氣造成的。」魔龍嘖了聲：「不然邪神直接刻印在你們靈魂上，不管哪個都吃不完兜著走，所以注意點你那個學長，他直接承受過傷害還被放血，邪神可能會想辦法追著他跑。」

我就知道那個傷肯定不簡單。

在心中問候幾句夏碎學長，我又開始憂心，這邊的羽族大祭司看起來好像很厲害，不過環境因素讓他無法徹底治療……回到公會那邊，假使完全治癒，邪神還會追蹤到他嗎？

不能怪我想太多，因爲黑館裡有個被鬼王騷擾的安因是前例。

現在魔龍這麼一說，我就聯想到類似的事情。

稍微在心中整理目前幾個狀況，我誠心誠意地對看不見的魔龍發問：「你知道我們現在的處境嗎？孤島的事情有沒有解？」

魔龍又罵了句疑似髒話的不明語言。「要本尊說，你們最好集體都滾出這座島，這島基本上已經沒救了，妖魔完全紮根在這裡，這棵討人厭的樹和他們的法器撐不了多久，鳥毛小傢伙雖然很強，不過也差不多了，不如全部撤出去，眞的想收復就去外面找幾個大種族反攻，淨化個兩、三百年應該可以把土地搞回白色的吧——這還得是在找到時族那些人出手爲前提。」

我皺起眉。

若是如此，流越堅持要留下來便很沒意義，魔龍雖然機車了一點，但是說的事情大多都沒錯，如果這地方已經快維持不住，按照外面的狀況，留下來就是送頭而已，畢竟他們也沒有其他地方可以跑了。

但這就牽扯到一個現實面，他們必須放棄可能存在這裡、還沒找到的那些永凍者。按照白色種族的思考邏輯，應該是死都不願意放棄，即使很可能最後一個也沒有。

……

……還是打暈拖走好了。

「有沒有可以一口氣確認永凍者位置或剩下數量的辦法？」我很認眞地思考了下，要讓流越心甘情願離開八成得開掛。

「有啊。」魔龍懶洋洋地回我：「本尊釋放本體，分分秒秒都可以給你數量和位置，甚至把這島上的傢伙們都掃了也行。」

「不要講幹話。」用腳底板想都不可能讓他在這裡恢復本體的好嗎。

「直接打開鳥毛的大結界啊，恢復可覆蓋整座島的大陣他就可以馬上探查剩下的存在，畢竟是他們的永恆術法。」魔龍冷笑了兩聲：「然後妖魔鬼怪會非常爽地把你們這裡砸成灰燼。」

好吧，這也一半是幹話。

如果可以順利發動大結界，流越他們肯定早用了，不須隻身到處搜索。

先不說大結界已經毀掉，就算打開，滿島的妖魔或魔將軍、鬼族也不會乖乖待在原地讓結界復原好嗎。

正打算再與魔龍討論看看有沒有其他的可行性時，原本就有點距離感的連繫突然斷了，彷彿訊號不好的網路，黑暗直接恢復寂靜。

看來等他們完全恢復還是需要時間。

不過至少知道米納斯他們都沒事就好。

我在黑暗中又待了一會兒，專心休息讓精神力多凝聚一些，接著才慢慢地讓意識上飄，準備從沉睡中醒來。

就在這時，某個黑暗的意識從遠方飄來，然而好像被什麼隔絕在外，無法順利與我接觸。

我朝著意識的方向「看」過去，發現在我的黑色空間裡出現了一層薄薄的淡銀色壁面，想與我接觸的東西就是被這層銀光隔開。這銀光和我無關，應該是大樹的保護結界。

大樹結界出現在這邊有點怪異，然而也沒有對我不利，於是我再次把意識沉下，順著銀光的方位過去。

大概是發現我在探查，光便開始延伸，跟著它走了一小段後周圍慢慢出現綠色光點，細小的光點建構成發光的樹葉脈絡紋路，逐漸取代我原本的意識空間，可以感覺到綠意不斷滲入，然後彼此連繫。

「你是誰？」

黑色的意識被擋在外，那就是樹裡面的人在對我溝通了。

我原本以爲可能是流越三人之一，或是大樹本身，但出現在我面前的卻是個穿著青色袍子的褐髮蘿莉，約莫七、八歲，雖然穿得很普通，小臉卻白皙精緻，看上去像娃娃一樣可愛。

……這誰？

「大哥哥是誰？」蘿莉也抱持著和我一樣的疑問，怯生生地開口。

這是個好問題。

「中台灣消波塊零售商。」

「……？」

好吧，果然是聽不懂梗的守世界孩子。

害我還想了一下我的妖師身分可以用什麼出場詞，本來想說敢惹我就讓你們當防波堤，現在看起來是沒辦法用了。

「我是一個路過的人。」真是難過，下次我試試「你的好鄰居蜘蛛人」好了，不過感覺會被告。

蘿莉眨眨大眼睛，還是有點害怕，然而這段時間內我都沒咬她也沒對她做什麼事情，只是一起大眼瞪小眼，她過了一會兒就自己鎮定下來了。而且在這段空檔，四周開始起了變化，出現了藍天白雲與一些建築物。

如果沒看錯，應該是雷妖精城市的正常版本。

彷彿接線生的大樹把我和小女孩的意識連在一起，還不忘在周圍裝飾點點綠光。

小女孩吸了吸鼻子，淚眼汪汪地看著我，還有點發抖，說有多可憐就有多可憐：「大哥哥你有看見我哥哥嗎？哥哥說會回來找我……」

「你哥哥是誰？」該不會就是拜里或沒照面的綠妖精吧？

「哥哥是隊長，他說一定會回來找我，要我和大家在一起乖乖等他。」小女孩巴巴說著。

隊長？

莫名有點熟悉。

「伊露米！」

我還在思考是不是我知道的那個隊長時，附近走過去、我以為是潛意識ＮＰＣ的路人突然走過來喊小女孩，那是個二十多歲的女性，也穿著青色的袍子，一雙藍色眼睛像天空一樣清澈，笑容相當溫柔，像鄰家大姊般友善。「我們一起回家吧，今天晚上想吃什麼呢？」

小女孩下意識伸手握住女性的手掌，雙眼仍是放在我身上，有點不知所措的樣子。

「妳先和姊姊回去吧。」我勾起微笑，對女孩揮揮手，「對了，妳是不是姓利雷特？」

這瞬間，女孩的大眼睛出現開心的光采，她也回我一個大大的笑容：「對的，大哥哥如果有看見我哥哥，跟他說伊露米乖乖地一直在等他，哥哥如果忙完要快點回來找伊露米喔！」

「好，我會帶到。」

小女孩聽到我說的話，終於放心般握著女性的手，兩人一起走回街道。

幻影的城市在她們相偕返回之後，在我面前散去。

我回過頭，看見帶著葉紋脈絡的銀光壁面，另一端則是被禁絕在外的黑暗生物，無法入侵。

站在那邊的鬼族有點疑惑，似乎不知道為什麼自己會被吸引到這裡。

「你記得自己承諾過什麼嗎？」我散出妖師的力量，讓鬼族放下敵意與殺氣，乖乖地聽進我的聲音。

鬼族搖搖頭，很茫然。

「執念越強的人扭曲之後也會有相應強悍的力量，你把那座城當據點，你就沒感覺自己在找什麼嗎？」

八百年的影響，我覺得我可能不太行，這必須要找鬼王來幫忙。

我能做的也只有用語言在鬼族腦袋裡埋進一顆種子，隨時都有可能被摧毀。

像利雷特這樣的鬼族在島上可能並不只一個，當時一定有很多人掛念著身邊的人或不甘心被傾覆，因此扭曲是極有機會的。

但是我不是鬼王，黑暗裡那道光不是我，只能在回去時把這個消息傳去獄界了，可能這些鬼族未來還會有點機會。

鬼族依然茫然不解，不過他也不喜歡待在這裡，所以很快就反向朝黑暗跑掉。

對這狀況無可奈何，我只好結束連繫，睜開眼睛。

※

推開房門回到大廳時，夏碎學長他們好像也溝通得差不多了。

幾個人都在位子上坐著，旁邊還放著紅色的水果，看起來可能結束了有一會兒，我走到夏碎學長旁邊的空位坐下，馬上就看見哈維恩把椅子挪過來。

「你好點了嗎？」夏碎學長笑笑地盯著我看。

我點點頭，轉向雷妖精：「請問永恆術法的沉睡者裡是不是有一位叫伊露米的小女孩？」

拜里愣了下，一臉驚愕地看著我，我就知道的確有這麼個小妖精在裡面，果然是大樹故意連結我們的意識，刻意想要幫忙小女孩找她哥。

「伊露米還活著？」式青也有點訝異，隨後就把我們遇到扭曲鬼族的事情告訴流越兩人，雷妖精一邊聽著臉色一邊沉下，最後無奈地嘆口氣。

「其實還不用很絕望，若你們信任我，或許可以逮住那個鬼族一起帶出去，我有認識的人說不定可以幫他找到一些記憶……但是沒辦法變回妖精了。」至少那個小女孩可能還有個世外天的選項。在獄界待過一陣子，我不認爲那是不好的選擇，總比她哥當個扭曲鬼族到死好點。

夏碎學長知道我的意思，朝流越點點頭，「我剛才的提議也有這方面的考量，請您盡快做決定吧。」

一身黑、看不見臉的流越坐在大廳主位上，聲音自然地從腦袋裡傳出：「我明白了，請容我與聖樹討論。」

提議？

「他剛剛提出一個、嗯……弄不好會團滅的意見。」式青聳聳肩，帶著有趣的表情又看了眼夏碎學長。

「只是一個概念，我們的武器、靈符大多被封鎖，所以必須看大祭司評估是否能用。」夏碎學長微微一笑，好像他只是在問大家要不要出去郊遊，然而後面隱藏的可能是要把大家都帶到十八層地獄旅行。我就這樣看著他，果然他開始說恐怖的殺人計畫了：「我們進來時在海岸邊留下了術法，或許能夠以那邊爲一個點，將這邊的一切轉移過去，然後用最快速度離開。但大祭司有疑慮，希望能最後一次搜尋沉睡者，所以我提議是否有辦法短暫地恢復全島大陣，以大陣結合羽族的永恆術法，找出最後那些倖存者，在大祭司轉移大樹的同時，由我們這些人把剩下的沉睡者搶救出來，在海邊集合，一起離開。再者還有個方便處，通常可連結的大結界中有互相通行的術法，說不定也可用此作爲快速撤退的管道。」

……

……

幹喔，眞的會滅團！

這是什麼極限死亡運動！

雖然魔龍也提出復原大結界下去找，但這島上的所有魔物馬上就會朝我們撲過來，我不覺得在短暫時間裡，我們眞的來得及帶走所有還沒找出來的沉睡者，簡直不可能的任務啊！

我很懷疑地看著夏碎學長，他平常也不是會亂說話的人，既然提出來，他覺得能做到？

「我們在這八百年奔波之間，其實暗地復原了不少關鍵陣法，雷妖精城市有備用的大結界可修復……要短暫啓動不是不行，但要整個大樹的力量，還有法器，不管成功失敗，不會再有容身所了。」拜里皺起眉，非常認眞考慮這件事。「但是……想把剩下的人都帶出去，我們撐不了下一個八百年。」

「法器是指羽族的法器嗎？」來的時候就聽他們提過了，現在又說到，我不免好奇多問一句。

「雷妖精也有。」拜里點點頭，指了指地板下方。「羽族的祭司權杖、雷妖精的聖物雷槍，以及獨角獸的白月泉心，與聖樹一起維持這個地方的運作。」

「白月泉心？」我轉向式青。

「喔，獨角獸的角有淨化能力，我們居住的地方不是有泉水嗎，獨角獸們會一直把清淨氣息輸入泉水裡，時間久了，會凝聚出一種力量石，與獨角獸的淨化能力相差無幾，這裡的就叫白月泉心。」式青解釋了下，然後眨眼露出有點得意的笑：「很貴喔，比獨角獸還有價值，幾千年才可能會形成一顆，所以才一堆人想要獵捕獨角獸和搶奪棲息地，就是要挖這顆凝聚力量的石頭。」

「對於白色種族來說，是一種聖物，淨化功能很強，還能作爲藥材。」拜里補充道：「能解很多毒素。」

「……覆蓋瑟菲雅格全島的大陣一共由四個島內大結界組成。」在我們閒聊時，流越的聲音冷不防響起：「羽族浮空島、雷妖精神殿、獨角獸聖泉與海上長廊各有一個，四個結界啓動便會構成並重新發動覆蓋整島的天守大陣，大結界與天守大陣甦醒之後，會有一小段時間壓制島上邪惡，之後就會快速衰弱崩解，直到四個大結界完全消亡。風險很高，而且……」

「而且這是唯一的機會了。」式青打斷流越的話，原本一直玩世不恭的獨角獸青年這時神色十分正經並謹慎，他很認眞地看著羽族大祭司：「就算失敗了，他們還是能夠繼續沉睡，只要我們都活著，救出的居民們也都可以在外面活下去，未來我們一定有機會回到這裡，消滅這些妖魔鬼怪，重新讓瑟菲雅格回到世人眼中，這前提是你們得活下來。」

流越沉默了幾秒，開口：「大陣消亡之前，全部的人必須快點撤離，不要戀戰，若是你們願意保證不讓自己生命受損，我接受這個提議。」

式青很明顯鬆了口氣。

他應該就是怕羽族咬死不離開，雖然不知道他們認識多久，但可以看得出來式青很在意這些人。

既然這個會滅團的提議通過了，接下來便是要仔細完善整個計畫，畢竟夏碎學長一開始說的只是個概念，要怎麼重整結界和陣法、如何用最快的速度挖走沉睡者，還要和大祭司拔走聖樹這塊區域同時在海邊集合……等等各種雜七雜八的事情都必須很確實地討論過。

因爲這不是我擅長的，只好繼續讓哈維恩代表去探討生命出路了。

我的工作就是去旁邊坐好，繼續把黑暗力量灌入魔龍的大豆裡，盡量幫助他快點恢復，面對這個狀況他應該更知道要怎麼做。

其實進度太快了，讓我有種不眞實感，莫名就開始要進行拯救孤島最後活口的大作戰，聽起來眞的很超現實。

如果擺在公會裡，這可能都是要出動好幾個黑袍的任務了吧。

最後等他們討論出來，說定了大家各分一路，我和哈維恩要去海上長廊，夏碎學長與綠妖精一路去羽族浮空島原址，拜里則是進入他熟悉的妖精城市備用結界順便捕捉看看那個鬼族，而式青自己回去獨角獸聖地，兩隻飛狼分別讓我和夏碎學長帶著方便移動。

「如果狀況真不對，以自己生命為主。」式青拍了一下我的頭，「直接從我們來的地方退出去，別再進島。」

我突然知道為什麼他們要這樣安排了。

讓最弱的我去最外面的結界，苗頭不對還可以想辦法快點逃出孤島，現在的浮空島舊址應該算是第二比較安全的地方吧，所以才讓夏碎學長過去，這麼比較起來，妖精城市的凶險我們是知道的，獨角獸聖地現在八成也不是什麼友善的環境。

一想到這些，我開始有點擔心式青。

拜里可以在妖精城市來去自如我們都看過，但就我以前和式青旅行時，他的表現……

「臭小鬼少看不起人了。」式青發現我懷疑的眼神，直接給我一記白眼，「你以為四千年的實力累積是假的嗎。」

所以說你之前果然在裝廢嘛！

「式青的話不用擔心，他曾是島上幻獸中數一數二的高手。」拜里聽到我們這邊的騷動，連忙替獨角獸說話。

我並不是擔心他，我只是覺得傳說中純潔友善的獨角獸怎麼會這麼卑鄙，我們旅行也算有段時間了，這傢伙既然實力很強，居然還常常旁觀看戲，眞的很欠揍。

「誰知道，他自己也說被冰凍很久，搞不好前幾年才甦醒。」我冷哼了聲，不過隱約覺得不太對。既然他說被冰凍過，那爲什麼他對於島上一些最後的事情好像滿清楚的？

「咦？」這次換雷妖精意外了，他轉過去看著獨角獸青年，有點疑惑：「我以爲你是和最後撤退的人一起逃離……照理來說，你不會被冰凍才對？」

既然有那個實力，前面也說了具備某些條件的人不會被永恆術法冰凍，那這隻獨角獸爲什麼先前說他被冰過？

式青聽了問句，淡淡地勾起唇。

「我啊，本來留下來和王布置海上走廊最後防線。」他笑了下，眼神突然變得很幽遠，像努力回想數千年前最後那一日。「然後王把我踢進海裡，被他牽引來的永恆術法困住。他說，幻獸們還需要強者帶領，琵菲雅格的獨角獸不能全部在這裡滅絕，剛好他看見我在他腳邊，就被他選上作爲倖存者，未來必須代替他們這些犧牲者去找回大家。」

「其實我也不知道爲什麼是選我，有可能眞的只是王順腳而已，但我至今一直希望那天站在他旁邊的不是我，我更期望能夠和你們一樣，選擇不被冰凍，執行自己的信念到最後。」

雷妖精看著獨角獸友人，沉默了。

第九話　最後的守護

「好啦，不說那些會感傷的話，現在還是要精神緊繃一點吧。」

式青很快就一掃剛才淡然的表情，手指在大廳中間的桌上畫了幾下，瑟菲雅格的地圖浮現，不過和我們先前拿到的古地圖有差異，上面有很多奇奇怪怪的標示，我覺得應該是雷妖精三人長久以來在這裡重繪的地圖，大量紅點表示邪惡的危險區域。

「這是我們在這裡繪製的地圖。」拜里果然這樣說道：「島上的妖魔與鬼族都有各自的領域，他們也時常互相攻擊擴大地盤，有幾個地方必須特別注意，四結界附近都有大妖魔或高階鬼族的巢穴，你們務必要躲開，盡量不要被注意，這些存在已經幾乎殺光了我們倖存下來的同伴，一、兩個人難以對付。」

我們各自拓印地圖，然後又花了點時間商討，哈維恩和拜里在我們這邊的地圖上畫了幾條比較安全的路線——所謂的安全是大魔物或魔將、高階鬼族比較少出沒的地方，但是那種沒自主意識的小魔物還是會有一大堆。

畢竟數百年繁殖下來也是不容小覷，更別說有的妖魔鬼怪分裂還是拉屎都會變成小魔物。

仔細地再把路線和計畫討論了幾遍，流越才開口要所有人抓緊時間休息一番，這段時間他們會喚醒綠妖精做準備，等整備完成，就可以出發。

我因爲已經休息過，就直接跟著夏碎學長去他被安排的房間，然後讓哈維恩先去處理要離開大樹的瑣事。

其實哈維恩也該休息，他身上還帶傷，不過一叫他別做事，夜妖精就露出種好像無用快要被拋棄的可憐眼神，只好隨便他了。

一進房間，我立刻轉頭鎖門，然後對悠閒自然的夏碎學長露出死亡凝視。

「夏碎學長你應該記得你身體狀況不算很好吧。」我盯著悠悠哉哉坐到床上的人，不由得有種警鈴大作的感覺。剛剛在外面沒有吐槽，雖然流越已經處理了，但他應該沒忘記他同樣是負傷者這件事情吧？

某方面來說，我的情形還比他好一點，而且我是黑色種族，擺一點力量氣息出來搞不好在小魔物群裡可以當隱形人橫著走；倒是他有沒有自覺他是個受傷的白色種族啊？

「我會注意，小亭也在，不用太擔心。」夏碎學長還給我溫文儒雅的一個安撫微笑，然後半抬起手，摸了摸纏在他手腕上的迷你小黑蛇。

我總覺得小亭多少也有被邪神碎片影響，整條很像手環一樣的小黑蛇沒什麼精神，單眼往我這邊瞄了下，就繼續假裝她是個首飾，根本不像平常貪吃亂跑。

「沒想到現在變成褚在擔心，和你剛入學院時差異不小。」夏碎學長竟然還有心情想當年，我簡直想要搥他的腦袋。

在心中默默地說服自己沒搥他不是因爲紫袍都很可怕，而是怕搥下去之後，千冬歲會很可怕。等心態平衡點後，我才把我之前休息時在夢境意識裡和魔龍說的話，以及遇到小女孩的事情告訴對方。

夏碎學長沒有很意外的反應，只是思考了半晌，才開口：「大祭司原本不願意離開這裡，雖然沒有明說，但他很確定島上還有永凍者，只是因爲邪惡存在太多，讓他們無法直接鎖定位置，只能用最原始的方式慢慢尋找。但這個地方的力量確實已經有點不穩，我才對他提議重啓島嶼大陣，在最短的時間裡儘可能帶走最多的人……」

「這麼好說服的嗎？我還以爲他還是想要同歸於盡。」我摸摸鼻子，想起了典型的固執老人，不管是不是大災難都要死守家園，反而讓晚輩陷入更糾結的困境。

「不，他原本還是要留下來，可能有羽族對這片土地的誓約不方便明說，不過我向他保證能夠動用公會的力量，前提是他們必須要撤離，聖樹離開的動靜必定不小。」夏碎學長停頓了下，壓低聲音：「我們進來之前已經請求過公會援助，而這裡又是海域，加上邪神碎片與食魂死靈、黑術師出現，在我們消失的地方現在肯定已經有很多公會人員與海上組織在搜索，只要能找到來時的『門』，從那邊把聖樹帶出去，長期與這片土地連結的聖樹一定能夠提供公會重新定位孤島的時空位置，屆時自然有機會研究如何肅清整座島嶼上的邪惡……自由世界不會放任孤島上的邪惡留存，以前只是無法找到，現在有機會讓它『被找到』，對那些遠離家園的幻獸們是個非常好的結果。」

難怪流越會同意。

這其實就等於說大家一起撤離是暫時的，很快就能夠借助公會及白色種族的力量重回這座島，他當然會同意了。

況且一旦出了這個地方，他大可以聯繫羽族的起源本族，搞不好羽族就會整個出動，再怎麼說也是古老的大種族，屆時可能連借助別人的力量都不用。

夏碎學長保證了外面都是公會和海上組織的人會接應，確實只要我們安全撤離，很多事就不算大事了。

不過前提是送我們進來的門是否還在原位。

「當初進來時我在『門』上做了記號，其他人應該也有，哈維恩和你回到海上長廊後他會處理，我已經把記號水晶轉交給他，你只要保護自己安全就好了。」似乎看出了我在擔心什麼，夏碎學長溫和地說著：「但是這次行動確實非常危險，放在公會是需要資深袍級組隊才能處理的任務，無論結界能不能重啓，只要一有狀況，你馬上就逃，一定要記得。」

大概也不是很放心我這個小妖師，夏碎學長又交代了幾句，然後翻出他所剩不多的符紙塞到我身上，又給了幾個他抽空做的式神小偶，教我怎麼啓動。

隨後我們再度確認了一下身上有的各種物品，之後我就把夏碎學長這個傷患按到床上休息，以免他拖著傷又跑出去亂搞。

休息了約四、五小時左右，哈維恩就來敲門了。

⁂

重新在大廳集合後，我看見多了一名穿著暗綠色袍子的妖精，五官也滿帥的，但是精神和力量氣息看起來不太好，臉色也很蒼白，沒有雷妖精那種剽悍俐落的感覺，確實有種重傷還沒痊癒的衰敗感。

我發現綠妖精對哈維恩同樣沒什麼敵意，可能四千年前這片土地對黑色種族沒那麼排斥，又或者他們還記得夜妖精的使命，知道他不是敵人，所以發現砍錯人後，拜里才會很誠懇地對哈維恩道歉，而不是嗆他。

我猜哈維恩願意把他當朋友可能也有這個原因。

「請幾位一起來聖樹中心吧。」人都到齊後，流越走到一邊，敲敲牆面，樹身很快開了一個入口，是一條往下的螺旋階梯，相當深。羽族邊帶路邊傳遞聲音給我們：「祭司權杖必須留下來轉移聖樹，雷槍與白月泉心交由夏碎與拜里使用。」

「雷妖精那邊的大結界因爲是備用的且不太完全，羽族的大結界是四個裡面最大的，這兩處都需要更多力量修補。」式青回過頭向我解釋道：「海上長廊那邊有獨角獸王的遺體，大結界就在他腳下，你可以藉由獨角獸王留存的力量修補結界。」

我點點頭，反正有哈維恩在，我的壓力可能是全部人裡面最小的。

「獨角獸那邊的結界你一個人沒問題嗎？」雖然我知道他們這樣安排就是有把握，但還是難免想多問一句，畢竟式青好像把所有輔助都交給我們，獨自回獨角獸聖地感覺很危險。

「沒問題啊，與其擔心我，還不如出去之後介紹大美人給我。」式青說出了讓人完全不想擔心他的語句。

聖樹內部周圍的綠色光點越來越多，不斷出現我在連接意識裡看過的綠色紋路，空氣也越來越清新純淨，直到進入目的地，視線整個開闊起來。

雖然是在樹裡，不過闢開的空間很大，起碼有三、四個教室的大小，裡面除了中心幾個正在發光的物體和內部長出的枝葉以外就沒有其他東西，各式各樣的綠色法陣在四面八方安安靜靜地運轉著，蘊含一股寧靜卻很強大的氣息。

空間中心的發光物體是一把插在地上的白色長槍，上面有一絲靛青色的細小紋路，槍頭比一般的還要大，整把槍不斷閃動陣陣灼熱的危險電光，好像隨時想找人打架。

幾步遠的地方則是一把比我還要高的黑色法杖，杖身有一些金色雕刻，上面有很大的像是彎月般、半圈的翅膀造型，缺口裡浮著一顆圓形的淡黃色寶石，散發像月亮的溫柔光芒，下方兩側則各繫著一小條黑色飄帶，上面有著咒文般的金色圖騰。

與這兩把明顯是高級武器的物件相比，飄浮在空中的白月泉心就不太起眼了，只是一顆拳頭大的白色半透明石頭，周圍環繞一圈淡淡的水霧，石頭裡好像也有某種霧氣在飄動運行，散出些微乾淨空氣。

三件法器下有個很大的陣法正在轉動，刻紋複雜，而且有好幾個層層疊疊的，很難分析是怎樣運作，只可以感覺到陣法正在吸收轉化中央三件物體的力量，然後傳遞給整棵大樹。

不是我要說，這三個果然是聖物等級的存在，隨便一個的力量感都強到爆炸，雖然它們看起來好像在休眠，讓大樹抽取本身力量，不過沒拔出來就已經夠強了，不知道交給原本的主人

會有多厲害……可惜孤島還是被毀滅，那些主人差不多都沒了。

流越、式青和拜里走上前，三人按照種族各自對應的法器開始打開術法與底下的陣法溝通相連，沒多久便拔起或取下空中的武器，在此同時，聖樹內部空氣突然一滯，雖然陣法還在運轉，不過原本強大的力量和純淨的氣息逐漸用很緩慢的速度削弱。

我可以感覺到外圍的魔物開始蠢蠢欲動。

握住法杖的流越用杖底輕輕敲擊地面，所有人腳下同時轉出一模一樣的法陣。「我用法杖的力量將你們送至最靠近結界的安全處，請各位一定要活著離開。」

他的話說完，我周圍的景物瞬間扭曲。

這個轉移非常快速，幾乎下一秒周遭便暗下來，變成了乾枯黑樹林的環境。

一起被傳過來的小飛狼直接變成大飛狼，同樣就在旁邊的哈維恩把我拉上去，我們不浪費時間立即從這地方出發。

流越將我們送至的位置離當初進入的裂縫很近，因爲開啓過一次，所以裂縫周圍聚集了不少低階魔物試圖闖關，不過式青也留了一手，那些魔物怎樣都撞不出去，有些甚至在保護法術前把自己撞成灰燼。

清理這些小魔物花不了太多時間，沒多久我們重新回到了海上長廊。

應該是感覺到聖樹那邊的異變，原先我們進來時還算安靜的海域現在瀰漫著一種奇怪的氛圍，黑色海水深處也傳來許多奇怪的視線感，讓人不快。

警戒著可能隨時會撲上的亂七八糟東西，飛狼迅速把我們運到最早來時的獨角獸王殞落地。

獨角獸王依舊威凜地站在原處，不知道是不是因為流越開始啓動術法，我們第一次來並沒有看見，現在整個石廊四方地面隱約出現一些線條和圖騰，散發衰敗暗淡的微弱金光，而且斷斷續續的，並不完整，獨角獸王就站在疑似整個大陣法的中心處，四足下的圖騰完全裂開，卻依然可以感覺好像有什麼往那裡匯聚。

哈維恩跳下飛狼，很有禮貌地小心翼翼用夜妖精最尊敬的方式朝獨角獸王致禮，接著拿出幾塊在聖樹那邊做好的水晶開始重新布陣，並用流越等人交給他的記錄恢復那些破碎的結界陣法。

這期間，我除了在哈維恩需要幫忙時做小助手，其他時候就是拿著一顆顆魔源石往魔龍的小飛碟裡灌黑色力量。

聖樹裡頭除了有法器，還有這幾百年裡倖存者們砍殺邪惡留下來的各式各樣魔源石與其他細碎黑色物品，知道我是妖師一族，流越就給我大量的魔源石和幾個黑色法器，教我把這些力量用來修復魔龍的幻武大豆。

一路灌下來，小飛碟上的圖騰已經越來越鮮明。不過恢復的速度還是很慢，當時他們擋了邪神碎片「一下」，花費的能量可能比我想像中還要多，回去之後得把米納斯也放置到相對水氣濃郁的地方讓他們好好休息。

結界法陣的修復開始逐漸成形，周邊海域中的妖魔鬼族也正式發難，陸續有魚形魔怪從黑色海裡跳出，被飛狼一爪一個打得血肉四濺，然後字典沒寫也不知道啥叫放棄的小魔物群很快就在周圍堆出了充滿腐爛腥味的殘缺屍塊，那味道就像放了一個禮拜的發臭海鮮，如果不是因爲我有幾層保護，現在應該會吐個天昏地暗。

因爲連飛狼自己打了一會兒也受不了，嗷的一聲跑去旁邊吐了。

憐憫地看著幻獸消失的身影，我再次拿出銅鈴搖響一聲，異變的黑色魚群總算緩下攻勢，不過斷斷續續仍有幾隻腦殘地往上跳，直接撞在哈維恩布下的防禦結界。

我看著不知何時已被魚怪擠得密密麻麻的海面，聽進了「音」的大批魚群腦袋稍離水面、嘴巴朝上，發出許多啵啵啵的聲響，細微的毒氣從牠們嘴裡冒出來，交織成一張大網。

海面下，我可以感覺到還有其他東西，比這些雜魚體積還要大，力量也更強，有幾個很快擺脫了「音」，忌憚我散出的黑暗力量，所以暫時沒有上浮。

「你們是誰？」

我順著黑暗的空氣，讓自己的「聲音」沉入海中。

那些比較大的黑色生物有意識，我見哈維恩加快了繪製法陣的速度，就先爭取時間。畢竟大結界原本是白色種族在驅使的，要他一個夜妖精單獨處理算是很難爲他。

看來回去之後要多誇獎他幾句，然後再帶他去好好吃一頓大餐。

海裡的中、大型生物停頓了幾秒，終於有個幽幽的女性聲音回答我：「黑色的弟兄，你在做什麼？與白色雜碎爲伍嗎？」

這句話帶有質問，他們也感受到我們在修復結界陣。

「你是什麼東西，我有必要向你交代嗎？」抽出一縷恐怖氣息往水裡砸去，我瞇起眼睛，揣摩休狄王子平日說話方式，開始覺得多演幾次我就有希望獲得演員技能了。

與我對話的生物抖了下，被那股恐怖氣息唬住，再次開口連警告語氣都變得比較禮貌：「你們正在幫助白色雜碎，請不要復原結界，黑色的弟兄們，否則將與我們爲敵。」

「我還眞不知道妖魔有朋友概念。」給了對方一個冷笑，我原本想再搖一下銅鈴，不過腦袋已經有點悶悶的，所以決定保留力氣，等等才可以幫忙打妖怪。「對我們而言只有利益和心情問題，我現在爽復原這些鬼東西，妳不爽是妳家的事，或者你們有什麼寶物想和我們交易不要復原嗎？」我丟回一個很像是在勒索的問句給對方，讓他們思考思考。

果然底下的魔物或鬼族沉默了，可能眞的在想交易問題。

趁這時間，哈維恩又趕緊多修復一小片圖騰文字出來。

我悄悄打開一個巴掌大的幻影，這是流越做給所有人的縮小版孤島地圖，有四個點像星星一樣閃爍淡淡銀光，我和哈維恩就在其中一點，代表四個島上的大結界，然後在比較島中心的位置有綠色的光點，是聖樹所在位置，如果哪一方先修好大結界並開啓，銀光就會變色通知其他人。

收掉幻影，不遠處的水面再度起了騷動，有個人形東西從水底浮上，「它」沒有五官，身體由一坨坨爛泥和詭異的不明條狀物糾結組成，隨著上浮的動作，那些爛泥從它身上不斷往下滑，好幾隻紅色的眼睛在各個部位轉動出來，全盯著我看，整體視覺效果頗噁心，應該要打上馬賽克。

爛泥人腳下踩著大量骸骨拼湊成的謎樣物體，看起來很像海龜的形狀，不規則的骨骼之間有腐肉連結著，帶出一股腥臭味。

「這作爲交易。」爛泥人發出剛剛和我對話時相同的聲音，然後攤開右手，上面出現了一把黑色匕首，那把匕首雖然插在鞘裡，卻發出很強烈的黑色戾氣，感覺是把魔兵，很適合哈維恩使用。「附帶條件，您進來時我們就已經注意到，您必須帶我們一起離開這個時空封鎖。」

帶出去也不是不行，如果夏碎學長說的是眞的，那它們出去正好會被公會和海上組織聯手大屠殺，不過會污染大海兼造成流越轉移聖樹的變數，所以當然不能。

「誰要那個爛東西。」我繼續模仿休狄，把眼睛擺在頭頂上地冷嗤：「你覺得我弱到需要那把小刀保護嗎？」

其實我的槍比這把匕首還小，不過他們看不見。

但是我的槍多功能，還內建大美女，光這點就贏了。

……靠夭，被式青傳染了。

「那就爲敵吧！」

說翻臉就翻臉，爛泥人一條骸骨鞭子直接甩來砸在哈維恩的保護結界上，整個空氣震動了下，發出嗡嗡聲響。

就沒想過把刀換大把一點再來談交易嗎！

會不會談判啊！

「音」被攻擊波動撞碎，滿海面的魔魚恢復活力，繼續前仆後繼撞結界。

我冷眼看著好比鮟鱇魚長相的各類扭曲魚群變成憤怒鳥，拚命在結界壁上花式爆開，黑色的血泥糊得到處都是，半圓形保護結界都快被塗成肉泥殼，還飄著濃濃的腐爛海鮮味。

同時，已經完成不少部分的結界陣法光芒越來越強，連帶地站在中心的獨角獸王好像也隱隱開始發光……啊不對，眞的在發光。

盯著全身發出微亮暗光的大獨角獸，我突然發現他腳下的陣法圖竟然慢慢自己恢復形狀，哈維恩還沒修補到那邊，碎得七零八落的法術居然自動緩慢凝結了。

獨角獸王留下的最後一手嗎？

金色獨角獸的光芒越來越強，周邊疊起的獨角獸屍骸像是回應他們的王，竟然也跟著發出微弱的光，沉寂數百年的遺體殘骸上的光芒漸漸照亮周圍。

我們到來時只用了一點光照明這塊平台區域，此時光亮已往外拓展，慢慢地能看清附近的海上廊道；光明崩碎開一小部分，形成光點繼續往外飄去，到達的地方或多或少，或在斷壁殘垣底下，又或者在黑色的海水裡，可能是骨骸，或是某部分軀幹，隨著那些光點的到來，也跟著散出了細微的光亮。

不知道爲什麼，我突然眼睛有點發酸，這些遺體沉默的情緒感染到我身上，帶來遺憾又憤恨的悲傷感。

正打算驅散大量亡者殘存意念時，我聽到哈維恩猛地咳了聲，轉過頭，剛好看見他踉蹌得差點摔倒的畫面。

「怎麼了？」趕緊跑過去扶著夜妖精，這才發現他咳血。

「白色種族討厭的光明力量。」哈維恩嘖了聲，張開手，手心上用來修補大結界的水晶看起來很冰涼，不過在黑色的皮膚上融出一道燒傷的痕跡，而且還持續往外擴張。

我拿走水晶，發現水晶本體依然冷冰冰的。

哈維恩甩了一下手，盯著地上已經不須他修補、正在快速復原的大陣圖形，按著我的肩膀往後退開。「獨角獸王在這裡設置了最後的生命術法，看來應該是有人修復大結界到一定程度後，就會啓動術法接手完成。」

他瞥了眼手上傷口，有點不爽地罵了句，才告訴我因爲大結界的光明力量太強，他一時沒防備才被自動運轉的光明術法燒傷。畢竟是相對的白色力量，很容易與黑色種族產生排斥反應，更別說這術法的主人早死了，沒辦法斟酌調節。

可能獨角獸王沒想過會是黑色種族來修補大結界，換作一般白色種族大概也想不到。

最後的亡者法術啓動後，整個地面陣法加速恢復，且極快地往外擴張，那些扭曲魚群來不及逃跑，被延展飛射出去的法陣一碰便直接炸成灰。

大結界陣法比我們想像的還要巨大。

爛泥人一看狀況不對，撲通一聲鑽回海底，還斷了聊天用的精神網路線。

整片海域發起光。

大法陣像是無邊無際一般展開，接著是第二層、第三層……不斷累疊，磅礡的光明氣息瘋狂賁漲，還沒恢復的殘缺陣法居然就這樣把黑色海下那些妖魔鬼怪壓得出不了水面，還可以感覺到大量不明氣息集體被潑酸似地，蜂擁著逃離這一帶。

與此同時，空氣再一個震盪，無風的海水居然劇烈晃動，到處翻出波紋。

我再次打開幻影地圖，發現已經有個地方的銀色光點變成烈火一樣的鮮艷色彩，那個位置落在原先以爲比我這裡難搞的舊地——羽族浮空島。

夏碎學長竟然是第一個恢復大結界的？

我震驚了。

❋

四個大結界，原先我認為第一個復原的可能是式青或是雷妖精。

沒想到是受傷的夏碎學長加上受傷的綠妖精，速度之快，超乎預料，讓人覺得沒受傷的自己彷彿廢物。

雖然在海上長廊，又隔了一大層封鎖孤島的法術，不過還是可以強烈感受到島內猛然掀起了爆錶程度的凶惡戾氣，大量邪惡與毒素炸開，濃厚的殺意無所不在，原先已經很黑暗的天空飄起了毒素小雨，而且有逐漸轉大的跡象。

不知道夏碎學長那邊到底是怎麼快速恢復大結界的，一旦起頭，那邊肯定會先遭到猛烈攻擊，我很擔心他們能不能用最快速度逃離現場。

話說回來，現在也不是擔憂別人的時候了。

整片海面的小妖魔和扭曲生物逃乾淨之後，明顯有力量感超級強的意識從遠方海中緩慢甦醒，光是溢出的氣息與正在高速修復的大結界碰撞，就引起一陣陣黑色火花，逐漸變強的黑暗再度逆襲，惡意想壓制外擴的陣法，雙方對撞的動靜越來越大，在小雨飄搖的黑夜裡看起來特別陰森詭異。

飛狼吼叫了聲，往旁側一跳，踩住陣法中心的一個獸紋，大結界氣勢更加猛烈，蠻橫地撞開黑暗的攔阻，硬是往外又拉出不少空間。

黑色海中直接衝出一個高大的人形，與剛才的爛泥人不同，這次是貨眞價實的實體人，感覺不是鬼族，衝出海上時凶氣完全炸開，與之前妖靈界的魔王非常像……是個大妖魔。

妖魔大約有正常人的兩倍高，一身暗藍色的鋼鐵肌肉，裸出的上半身布滿黑色刺青，雙腳不是人類的樣子，而是兩隻獸蹄，一雙血色眼睛狠狠瞪著我們，彎鬈的黑色長髮在空中張牙舞爪地飄動著，整體上就是很凶、非常凶，可能會咬死我們。

「妖師一族？」妖魔凶狠地瞇起眼，「來這裡伸什麼手？」

喔，看來眞的是大妖魔，居然一眼就看穿我的身分，沒被我身上那些守護騙到。

哈維恩整個人很緊繃，直接站在我前面，與妖魔互瞪，雙手都已經按在刀柄上，準備在第一時間接住妖魔的發難。

大妖魔的壓力直接罩頂壓下，幸好大結界已半啓動，加上哈維恩先行設下的保護壁，一時之間還不會被巨力壓成碎片，外頭尚未被大結界籠罩的海域已像煮滾的沸水，瘋狂大肆翻騰，連同越來越大的雨勢，很有一種暴風雨即將席捲的感覺。

連名字都不交換的妖魔竄高在空中，居高臨下地俯瞰我們，右手抬起、平空抓出黑色鏢槍，甩手朝我們這邊接二連三射來，結界壁簡直像被隕石砸到，整個劇烈震盪，不斷發出可怕的轟隆崩潰聲響，大結界與哈維恩的守護結界皆出現裂痕，尤其以哈維恩的更嚴重，都已經有一小部分開始崩塌。

哈維恩神情凝重，並沒有即時修補結界壁的破損，很可能是修補也會瞬間再遭砸破，所以他做的是加強我們兩個和飛狼身上的守護，然後擋在我面前帶著我往後退，一直退到發光獨角獸王遺體前，獨角獸的金色光芒正好將我們包入，那些震動隨即像被什麼東西隔開一樣，變得比較不明顯了。

「滾出來！」妖魔發出吼叫，打雷般的聲音一下傳出很遠，還有點回音。「敢將手伸進我的地盤，就給我滾出來！該死的妖師！」

「喔？你不怕妖師嗎？」我握了握有點發抖的手掌，盡量不把對妖魔強大氣息感到的畏縮顯露出來，強迫自己努力緩緩勾動唇角，直直對上妖魔的視線，語氣也懶洋洋地沒什麼殺傷力。「你就不信等等會被雷劈嗎？我眞心誠意祝福你被雷打到喔。」

「哼，區區一個妖……啊啊啊啊啊啊——！」

妖魔的嗆聲還沒說完，飄雨的厚重雲層冷不防轟隆一響，黑色雷光劃破天際，迅雷不及掩耳地打在妖魔腦袋上。猝不及防的妖魔沒有任何防備，被電出發自內心的慘叫。

這畫面有點壯觀。

所以這個心語力量還是會馬上應驗的嘛。

不過因爲我能動用的不多，所以劈不死他。

揉揉太陽穴，我看著掉進海、又重新爬出來的妖魔，他身上有點焦，頭髮比剛剛更捲了，被海水浸泡降溫過，身上還帶著遭雷劈的熱氣。

一分熟。

「去……去你媽……的……的妖師一族！」

妖魔吐出一口黑煙，努力表達他的幹意。

「天氣不好，我祝你三連劈。」露出友善親切的笑容，我釋出黑暗氣息。

妖魔還沒飆罵，黑色雷光又打下來，這次連慘叫都沒有，他直接被雷打進海裡，不過大妖魔學聰明了，已經架好結界壁，三道黑雷全部打在他的防護上，搥滿大大小小的裂痕。躲過三連劈的妖魔甚至還有心情丟過來一句：「也就這樣，廢物妖師！」

他是不是很想渡雷劫？

「勸你是好好說話。」我冷眼看著爬出來的妖魔，繼續假裝很強。「既然你知道我是妖師一族，就該知道剛剛只是我們小小的玩笑而已，你確定要與我們妖師爲敵？」

「……」妖魔雖然被電得很生氣，不過還是沉默了幾秒，顯然他某部分的理智正在幫他複習他所知的妖師一族傳聞。

四千多年前的話，當時妖師一族應該還在世界遊走，所以我賭妖魔應該還對黑色種族有些記憶。

我們只需要再一點點時間。

然而妖魔狂暴的氣息剎那間冷卻下來，好像只用了一、兩秒便穩定情緒，再度看向我時，那雙血色眼睛裡已沒有怒氣，取而代之的是種極爲陰冷，並且用彷彿在看螻蟻的眼神盯著我：

「呵呵……睡太久腦子都迷糊了，差點被你這妖師小孩騙。小小玩笑？恐怕你的力量也只有那樣吧？有本事的話，倒是讓我看看妖師最大的本事！」

說著，妖魔舉起右手，他身後的黑色海域整片翻起，一直在深海處的幾道凶惡氣息爆出海面，幾十層樓高的黑色魔獸各自發出比雷鳴還大的咆哮。

被喚出的巨型魔獸一共五隻，有兩隻很像暗黑版的暴龍變型體，兩隻是三頭龍，另外一隻就是放大版的鮟鱇魚，不過一身都是用黑色骨頭拼成的，還鑲著不少人頭骷髏。五隻魔獸全都不是我們可以對付的層級，每隻都帶來強烈的壓迫殺氣，直接壓爆了哈維恩本來就已經有點支離破碎的結界，孤島的大結界也開始震顫，擴張的速度被壓制變慢。

「吾爲魔將軍，提斯葛列。」從甦醒狀態轉爲清醒，妖魔散去剛剛被雷劈的一身狼狽，重新顯露出他的眞身，聚集而來的魔氣組織出黑色鎧甲，一片一片黏附到他周身。強烈的妖魔力量讓開始轉大的暴雨霎時凝結，所有黑色毒水珠停在半空中，既沒有回到雲層，也沒有掉入海面。

「妖師一族，褚冥漾。」我抽出兩張符紙，落地同時左右出現了兩名式神。雖然我沒有締結式神誓約，不過借我使用的夏碎學長已經先安排好暫時讓我驅使，所以很輕鬆就能呼喚已經在備戰等待的式神們。

與妖精城市裡的兩名巨大盔甲武士不同，落在我們身邊的是比正常人體型稍大一點的帶刀武士與打扮非常華麗、有種花魁感的妖艷女性。

「以爲這種玩具有用嗎！」妖魔不屑地大笑，完全把我們瞧得扁扁。

五隻魔獸衝過來的同時，兩名式神迎上前，面對體型巨大的敵手他們不知道害怕，各自放出最大招式，可惜力量相差太大，式神們拚盡全力也只能擋住眨眼般的短暫幾秒。

然而他們爭取的時間足夠了。

符紙四分五裂在空中化爲灰燼。

魔將軍囂張的狂傲笑聲只響起瞬間。

我們後頭的金光突然增到極強，還好這時候我是背對的，不然可能會直接瞎掉。

身後的光對於黑色種族來說其實很刺痛，但哈維恩受傷那時我已經有了準備，把自己白色種族的佔比調高，然後幫哈維恩擋了一下，不讓他被金光剝一層皮下來。

各式各樣的幻獸身影似乎在這時候從死亡中醒來，失去了軀體，四千年前在這裡戰到最後一刻的瑟菲雅格戰士們凝聚出最後幻影，自四面八方歸來，光明的氣息轉瞬橫掃海面上的一切不淨。

本來即將砸下來的五隻巨型魔獸發出嚎叫，被拔起的白色力量撞開，笨重的身軀像是山崩一樣倒摔進海裡，天搖地動的動靜當中，金色獨角獸如同在草原散步般從我們背後踏著步伐走出，帶著一身最純淨的神聖力量，踏足之處轉瞬被淨化，驅散盤據其上的千百年髒污。

獨角獸王如履平地地走到海上，回過頭輕輕看了我們一眼，璀璨的半透明金眸有著澄澈與說不出來的和藹，像是看著幼獸般還帶了點安心的笑意。

活著的飛狼看著曾經存在的幻獸們的身影，站在大陣裡發出哭泣的悲鳴。

「死了還不放棄嗎？」被掃退好幾步的魔將軍站穩腳步，咬牙切齒地看著大批幻獸幻影。

脫離了慘死遺體，這些幻影如同生前，每個都威風凜凜，沒有任何一個屈服死亡給他們帶來的痛苦。

獨角獸王笑了聲，淡淡的聲音很乾淨，然後他沒有開口，聲音卻敲響了天際——

「瑟菲雅格永不放棄，死亡帶走的僅是軀體，我們將與善良的生命永遠同在，這是我們最後的守護，爲了永恆的延續。」

幻獸亡靈發出吼叫，一個接著一個喚醒了更多白色殘魂。海岸線拉出魂靈們最後爲這座孤島組成的白光，像是壁壘，讓大結界完全恢復。

大結界爆出強烈金光直衝天際，就像有人握住一把金劍，劈開黑暗的天空，再次讓蒼穹透出原本該有的色彩。

我手上的孤島小地圖一個銀點轉爲金色。

這次，是我們所在的海上長廊。

第十話　撤退戰的接觸

大結界發動後，周圍的小魔物幾乎都逃光了。

如提斯葛列這種比較大的妖魔和魔獸也被爆出來的白色力量壓制，與流越他們說的差不多，有短暫時間可以撤離。而且這邊的獨角獸王和幻獸的亡靈似乎還可以存在一點時間，幾乎都在幫我們擋攻擊，更有逃跑的時間。

「準備離開此處吧。」

獨角獸王回過頭，直接集體精神溝通：「這只是我們死亡前的最後一縷思念，很快就會全部消散，大結界並不完全，維持不了多久天守大陣。雖無法知道爲何妖師一族伸出援手，但你們力量太弱，等到邪惡不再被剋制，你們就不是敵手。」

「我是式青的朋友。」連忙抓緊時間，我不確定式青能不能趕上見獨角獸王最後一面，忘記問他要不要帶話，只能自己揣測個想法告訴對方：「最後逃出的孤島倖存者們現在還活著，已經有第二代和第三代與其他後代延續下去，你們不用再擔心了，保留好自己的靈魂力量，回到安息之地沉眠，不用和那些東西搞到魂飛魄散……你們的任務已經完成了。」

似乎是怕獨角獸王不相信，一邊的飛狼連忙跟著嚎幾聲，可能是在幫我作證。

獨角獸王沉默了一會兒，似乎放鬆不少的聲音傳來：「我明白了，謝謝諸位。」

飛狼還是有點戀戀不捨地看著其他飛狼的幻影，發出嗚咽的哀鳴。

就如同獨角獸王所說，大批亡靈開始慢慢變回透明，化散爲螢火蟲般的銀白色光點，飄入大結界廣闊的陣法，成爲運轉的一絲助力。

被結界搧出去的大量妖魔鬼怪在看不見的遠處吼叫，濃烈的戾氣與劇毒再次把天空、海水攪成黑色，和大結界的金光強硬抗衡。

小島地圖上第三個點的變色是在約兩、三分鐘後，雷妖精城市那邊，同時地圖起了變化，妖精城市的區塊突然變成血紅色，異常不吉利。

「巴烈古甦醒了，那裡出現三名以上的高階鬼族和食魂死靈。」哈維恩很適時地幫我解答：「雷妖精可能受到重創。」

我第一個想法是去幫忙，可是我們這邊也一個虎視眈眈的魔將軍，如果不是獨角獸王壓陣，可能我們已經全部被獵人頭了，這樣趕過去妖精城市幫得上什麼？

「不能過去，如果和他們錯過就來不及走了。」哈維恩看穿我的想法，搖搖頭。不過他也知道我很優柔寡斷，思考了一會兒之後又說道：「請問您的幻武兵器復原多少了？」

我掏出一架完好無缺的小飛碟，「有兩台加攻擊的可以用了，不過魔龍還是沒反應，要自己手動。」

哈維恩再次安靜了幾秒，接著開口：「如果您相信我，請借我一架，我前往雷妖精城市協助撤隊，會比你一起過去還要快。」

……這就是在說我礙手礙腳了。

「不是因爲你弱，是因爲要藉由黑暗撤離，夜妖精獨自行走會更快。」哈維恩連忙補上這句，八成也猜到我的反應。「我是指那種不戰鬥的全速逃亡……」

「好啦我知道你的意思。」的確加我一個會扯後腿，然而我也很不確定地看著哈維恩：「你會沒事吧？你的傷……」

夜妖精突然莫名其妙欣喜了一秒，眼裡的發光閃得太快，我都懷疑是不是錯覺，因爲接下來他就面無表情、非常肯定地回答我的問題：「如果狀況嚴重，我就扔下白色種族回來，不會把性命賠給白色種族。」

也不是叫你把人丟掉跑路啊。

我內心充滿糾結，偏偏狀況危急時還是眞的希望他顧自己。

把小飛碟交給哈維恩並轉移使用權，我覺得只能相信夜妖精的判斷，還有他當下的心情不會差到把雷妖精扔在路邊回來。

哈維恩離開後又過了一會兒，大結界的某一處突然轉出圓圓的小圖陣，那名與夏碎學長一起行動的綠妖精摔出來，滿身都是血，但意識很清楚。

我被嚇了一大跳，連忙去把妖精拖過來。他身上有四、五道見骨的大傷口，血幾乎是往外噴的，還好這時候獨角獸王還在，我就按照他的指示將妖精拖到大結界的另外一側，可能是因爲大結界有附帶一些治癒術法，綠妖精的噴血狀況緩和許多。

摸出流越離開前分給大家的藥物，我趕緊把藥粉努力撒在那些傷口上，趁綠妖精還沒暈倒前發問：「夏碎學長呢？」

綠妖精抓住我的手腕，半咳半喘好幾口氣才回答：「……去了式青……那邊……獨角獸大結界出問題……」

我突然發現綠妖精身上有些不屬於他的灼熱力量殘留，這股氣息還很熟悉，似乎我曾經接觸過，所以我又多問了一句他們開啓大結界的狀況。

沒想到不問還好，一問下去，綠妖精斷斷續續告訴我經過之後，我只想去掐那個號稱受傷的傢伙。

你叛逆期還沒完嗎夏碎學長！

有種腦袋被人捏到暈眩的感覺，不知道回去會不會被千冬歲分屍埋在全台各處。

簡單來說，綠妖精和夏碎學長被送達目的地之後，其實那邊狀況和海上走廊很相似，羽族戰士們的殘骸與亡靈都還存在，所以他們前半段經過和我們這邊差不多，也是修復到一半結界就自動恢復。

但他們兩個都不是黑暗種族，沒辦法像我這樣唬爛那些小魔物，所以那時他們就被大量妖魔鬼族襲擊了，而且當中還有掌管那個地盤、都快成王的高強鬼族。

沒有選擇用防禦死撐，夏碎學長解決的方式異常凶猛簡單，根本有某隻史前巨獸的傳承。

綠妖精還來不及阻止，就看到臨時組隊的隊友直接把自身放了一半血，紅龍王的爪子撕裂時空噴出來，龍神鎮壓世界的一抹烈焰全面橫掃，當場清台，還把遺跡燒得灰都不剩，只留下圓滿發動的大結界，加上有白月泉心灌注力量，就這樣榮登第一名修復冠軍。

那些羽族亡靈被這種粗暴的手法搞得目瞪口呆，可能沒想到有人類會幹這種把敵人和基地一起毀滅的事。

然後噴了一半血召喚神龍一爪子的某人類把被妖魔重傷的綠妖精拖進大結界互相通連的轉送陣法，自己則帶著飛狼不顧阻止就跑了。

……

……

頭痛。

眞希望不要變成那種大人。

※

第四個大結界遲遲沒有亮起。

海上走廊這邊的幻獸身影已經消失了七、八成，連獨角獸王的幻影都快變透明了，大結界比剛啓動時消弱很多，我可以感覺到在外面等待的大妖魔企圖連繫上我的意識並奪取的動作。

連續斷絕幾次對方的攻擊，我開始有點暈眩。

不能再等下去！

聖樹那邊的流越應該也是相同想法，我才剛覺得死線逼近，小島地圖中心的綠點就亮起，羽族已經打開了法器與聖樹力量，發動永恆術法接上三個大結界，兩、三秒後，周圍乍現一點一點的淡銀色光芒。

殘存的永凍者！

數量不多，就只剩下最後五、六名，其中有一個離海岸很近。我連忙招呼飛狼，以最快速度趕到地圖標點，進入效果範圍後木偶果然亮起。

最後我們在一堆巨石底下翻找出一隻冷凍的晴空鳥，趕緊做好保護準備帶回大結界裡。

差不多這時，長廊附近出現一些暗黑色光點，那是稍早之前哈維恩在復原結界時同時放出的尋找術法，要找回我們從海上進到這裡的那道「門」，並穩固，現在看起來出口也找到了，只等所有人過來集合。

突然覺得我好輕鬆啊……

「嗯？」

正在思考還能幫什麼之際，我隱隱察覺有某種極不明顯的氣息正在高速從海底直衝我們，詭異的是，對方好像完全不害怕大結界，但那東西身上確實有黑暗力量，所以才會被我發現。爲了留意外頭妖魔的一舉一動，我盡量把精神感知弄寬一點，沒想到就這樣捕捉到異常。

點出一張新的式神符，捧著鏡子的小女孩在我身邊落地，看起來好像沒什麼殺傷力，然而是夏碎學長給的就不用懷疑，肯定有她的用處。讓飛狼也準備好迎擊，我拿出黑色靈符轉爲熟悉的槍枝，然後再把恢復的那架小飛碟拋出來在身邊備用。

海底東西擊碎大結界薄弱的部位並衝出來，我首先感覺到強烈的扭曲毒素，確認對方是個高階鬼族，接著看見的是一名約莫二十出頭模樣的女人，沒有什麼鬼族特徵，但是周身纏繞大量死亡氣息，白色的臉上有血色的眼睛、染血般的紅唇與精緻五官，妖豔異常，一頭像蛇在空中飛舞四散的超長黑髮，一身黑色長袍……欸等等……

我莫名覺得她這身黑袍和流越衣服的花紋很像！

小式神衝過來擋在我面前，手上鏡子一閃，女性鬼族揮手搧過來的黑霧瞬間反彈，在不遠處爆炸，同時也炸出大量細小會飛的小蟲。

我開了一槍，讓黑水符形成的子彈沖刷出水幕，把那一大堆蟲子刷到腳下海裡，接著拉出屬於妖師的恐怖力量反射對方。

鬼族冷笑了聲閃開身體，不過倒是停下第二波攻擊，若有所思地盯著我看。

「蜃光大祭司？」之前從式青他們的交談裡發現蜃光應該是女的，加上對方的衣服，我不得不皺眉猜測。

變成黑術師了？

的確，那種層次的祭司很可能一口氣就轉化成黑術師。

沒有回答我的問句，疑似大祭司的女性黑術師用那雙染血眼睛對著我，拉扯人心意識的聲音傳來：「妖師一族應該是我們的同伴，你該接手這個世界，打破永恆術法與島上封印放出我們的軍隊，須要我教你怎麼做嗎。」

我看了眼對方手上拿著的法杖，與流越的不同，那根杖通體全黑，頂端有個牛頭一樣的骷髏，大大的雙角朝天，底下則掛著好幾串拳頭大小的小骷髏，感覺是由幾十個嬰兒組成，令人反胃。

「一個黑術師也想命令妖師一族，妳在羽族時沒有學會規矩嗎。」我把晴空鳥塞給憤怒低鳴的飛狼，還給對方影響心智的黑暗語言：「回答我，妳前身是誰？」

會穿成這樣，擺明她還有原先的記憶，只是不知道剩下多少。

「……」黑術師狠狠瞪了我一眼，不是很想回答這問題，而且竟然舉起法杖直接動手。

小式神再度一轉鏡子，比之前大許多的毒霧球在我們正前方爆炸，震動底下的大結界，我看見逐漸衰弱的大結界被震碎巴掌大小的洞，心裡很驚恐，不過臉上仍極力保持冷靜。

就在這時，一股清涼的風從我們身後包覆過來，形成新的屏障擋住爆炸和飛蟲，甚至緩緩修補被震碎的空隙。

「她不是蜃光大祭司。」

淡淡聲音傳來，黑色大翅膀在我面前張開，羽族的大祭司輕輕把法杖底部敲叩在大結界上，瞬間增強的結界力量把黑術師搧開一段距離。「異靈夏姆特，潛入島上的邪惡奸細之一，在蜃光大祭司垂危時將她吞噬，仿造了力量與容貌，以此殘殺許多誤以為得救的弟兄與居民。」

流越說著話的同時，黑術師的面孔也跟著起了變化，變成另一張不同面孔，一樣很漂亮，但比蜃光大祭司的臉更美，有一種讓人眩目的奇異妖艷感。那身黑衣也漸漸轉色，很快染成了血紅，連黑色長髮都跟著轉為蒼白，透出陰森森的冰冷。

我沒想到會在這邊聽到異靈兩個字，下意識按住手環。

「流越大祭司，上次覺得可惜所以沒把你打死，如果你願意加入我們，我依然可以用蜃光的身分和你相處喔。」異靈露出魅惑的笑容，身上的妖異氣息爆漲不只一倍，幾乎快把流越的術法壓下去。「我很喜歡你本來那張臉，你來，我幫你治癒，會完好如初的。」

「這就不用妳費心了。」沒有發怒或其餘的情緒波動，似乎已經習慣這種蠱惑的流越很冷漠地回應對方：「當初布下永恆術法的族長已經回歸安息之地，蜃光、海熒兩位大祭司並沒有學會完全的永恆術法，妳才會留手。我死了，此處的永恆術法就會成死局，你們會害怕永遠無法離開的詛咒嗎？」

所以流越是僅剩可以解開這裡永恆術法的人嗎？

我看了眼黑色的背影，突然知道為什麼當年羽族的大祭司們會把他留下來了，而且恐怕這麼多年他待在這裡沒死也不是碰巧。

抖了一下，感覺好像發現他會願意跟我們走的原因了。

那個原因讓我全身起雞皮疙瘩，不過問本人絕對不會承認，我只好自己死死盯著對方小心戒備。

「對呢，這眞的很麻煩。我們沒想到這裡的羽族分支脾氣和本族一樣硬，更沒想到與祭司們攏手布下永恆術法的族長會以血和靈魂獻祭，讓封印並切割這座島時空的死咒要徹底解除只能用他的血脈……早知道就不殺死你的父母了。」異靈勾起笑容，聳聳肩擺出一張好像出了點小失誤的笑臉，語氣輕鬆得彷彿只是荷包蛋不小心底部煎焦。「不過你既然是直系血脈，那你就幫忙解除呀。」

「呵。」流越丟了個單音在大家腦袋裡。

「如果不行，那我也只能試試看用你的屍體啦。」異靈抬起手上的法杖，黑色雷光碎開天空打了下來，直接在牛角上捲成一顆刺眼危險的暗色光球，光這樣看，都覺得一摸到會粉身碎骨，比我剛剛劈妖魔用的雷還要可怕許多。

「滾吧。」羽族的法杖再度敲擊大結界，十幾個法陣在四面八方轉出，大結界本體瞬間爆出強光，同時小島地圖的最後一個結界點終於發出藍色光芒，晦暗的天空下一秒傳來龍吟般的咆哮，不論是地面、海水，或是空氣，都劇烈地強震。

我抓住飛狼趴到牠身上，整個人完全站不穩。

異靈這次真的被打飛出去，大結界上方空中出現另一層更大的陣法圖，從那裡降下覆蓋全島的強悍力量，這次連我都有種窒息、被壓制的感覺，黑色力量變得極為沉重；最後重啓的天守大陣瞬間強壓全島邪惡生物，本來還可以察覺到那些妖魔到處作祟，現全被硬碾下去，好像空氣中有看不見的巨手掐住各地邪惡，硬按著他們的頭顱貼地不讓動彈。

同一時間，附近大結界上轉出好幾個傳送陣圈，夏碎學長與式青等人掉到大結界，每個人身上都血淋淋的，還四散好幾個永凍者，算算數量，竟然眞的全都收集滿了，此刻開始，孤島上再也沒有殘餘永凍者。

哈維恩與雷妖精也摔在一邊，同樣受重傷的夜妖精趴在結界上，勉強撐起身體，推開旁邊附帶封印起來的雷妖精鬼族。

我呼吸一窒，腦袋空白了瞬間，拔腿往他們跑去，因為地震太強烈還摔了一跤，只是好像不會痛，爬起來就繼續跑，然後把幾個人都拖到大結界上可以平緩傷勢的圖案位置。

找到倖存者後，我還沒來得及回到獨角獸王那邊就被異靈堵路，幸好附近也有那種治療的圖騰術法。

流越走過來檢視大家的傷口，在一些比較嚴重的地方按下治療法術作為急救。

另一匹飛狼狀況比較好一點，雖然有些細小傷口，不過不影響牠的移動和飛行，只是沾染上其他人的血，讓牠一身毛糾結在一起，乍看很狼狽。

「天守大陣快要崩碎了，四結界正在力竭潰散，必須立刻離開。」流越把昏迷的雷妖精推上飛狼的背部，示意我快點動作。

連忙也扶起失去意識的式青丟到飛狼上，我把幾個永凍者蒐集過來，交給流越塞進聖樹空間裡。

原本我以爲會整棵被拔過來、很巨大的聖樹現在縮成很小很小，流越不知道用什麼方法做了個籃球般大小的透明圓球，迷你聖樹就飄浮在其中。

「你……」還維持清醒的夏碎學長咳了口血，瞇起眼睛看著扶他的流越。

「先離開再說。」流越很鎮定，讓夏碎學長搭上飛狼後把聖樹球塞進他懷裡。「保護好。」

我扶起哈維恩，發現夜妖精右肩整個被撕開，差點連著右手都沒了，骨頭斷了，只剩下一點皮肉黏著。

他今天也是很倒楣，已經第二次差點斷手，不知道會不會留下後遺症，萬一之後換季他就會關節痛該怎麼辦。

「小傷。」哈維恩的聲音有點抖，不過還是用左手掏出染血的小飛碟還給我。然後他看了眼自己的手，手掌在衣襬上抹了兩下才拍拍我的肩膀。「不用擔心。」

小飛碟裡的力量都抽空了，不知道他們經歷過怎樣的惡戰才會把壓縮的黑暗力量全都用光。

我有點沮喪，又有點無力，只能吩咐哈維恩不要亂動，好好待在飛狼上，轉頭把還沒消失的小式神也提起來安置到飛狼上。

雖然人數比來時多一點，不過飛狼們沒被影響速度，翅膀一振，便以高速飛離原地。

路過獨角獸王的途中下去撿起綠妖精，這時幻獸們的幻影已經全部消失，獨角獸王的遺體仍在原處，守著大結界陣眼。

我最後看了眼屹立原地的獨角獸王，直到金色的身影消失在遠方。

四個結界轉弱後，提供的力量開始急速衰減。

剛出場很威的天守大陣沒多久一片片碎散，幾千年前守著孤島的全盛狀況曇花一現。

我能夠感覺有很多黑色生物從孤島各地往這裡趕來，怒氣洶洶，強大的殺氣急速逼近，那種隨時要死的氛圍非常強烈；殘存的大陣和大結界依舊用最後力量拖著他們的腳步，爭取讓我們盡快脫離這個扭曲時空。

按住想回頭做點什麼的哈維恩，我低聲給對方一句：「再亂動就開除！」

夜妖精垂下肩膀。

瞪了裝可憐的傢伙一眼，我拿出剩下幾張先前做的臨時爆符往後丟，幾顆圓滾滾的炸彈掉在地上，距離拉開、一些妖魔踏到的同時直接爆炸，後方血肉四濺，還有彈飛的斷手斷腳從我們附近高空掉下。

另隻飛狼上的夏碎學長也做了差不多的事，畢竟在全速逃難，當然是有炸彈丟炸彈、有地雷丟地雷，盡量避免慢下速度和敵人接觸。

飛狼們幾乎是豁出生命在狂奔了，狂衝的飛行速度比我們來的時候超出很多，幾乎像在燃燒最後一點力量。

終於，在我們全部的靈符、式神即將用罄，連那個持鏡子的小式神也跳下斷後而被大卸八塊前，那扇藍色門框若隱若現地出現在前方不遠處，似乎也感受到我們狀況危急，門框整個亮起，指引我們正確方位。

然而也在這時候，海裡的大妖魔帶著他的五隻巨大魔獸破水而出，震碎最後一片保護我們的大結界，天空的天守大陣眨眼毀滅，本來找回的星空再次被黑暗掩蓋，飄下劇毒組成的雨絲。

提斯葛列眨眼出現在飛狼兩步遠的正後方，獰笑著對我們伸出手。

「把聖樹交給羽族的人。」

淡然的聲音最後交代我們這句話，我眼睜睜看著另一匹飛狼上的流越用了點法術讓夏碎學長和綠妖精無法動彈，自己翻身跳下，手上法杖橫出，撥開雨幕的風壁擋下提斯葛列的攻擊，四面八方甩出颶風鎖鍊強綑住那些魔獸的手腳，硬生生逼迫他們與飛狼又拉開距離。

幹！

我就知道他自始至終都沒打算出去！

早先他和異靈對話時我就發現不對，難怪他會那麼爽快答應夏碎學長，原來是根本沒有出去的想法，最後的永凍者都找到了，聖樹也安全轉移，他就沒顧忌了，要做的就是和這些妖魔鬼怪同歸於盡，把孤島永遠切割封印，再也不會有細縫可以進入。

不知道孤島上的羽族們到底有過什麼誓約，但留下來的羽族只有死守的想法。

我推了哈維恩一把，在他身上也蓋下暫時無法動彈的黑色命令，然後跳下飛狼，一把抱住還想往前衝斷後的流越向後摔進海水裡。

兩匹飛狼一前一後衝出藍框門。

「你——！」流越可能是被我的舉動嚇到，居然第一時間沒有掙脫。

我朝海面開一槍，黑暗凝結水面，阻止我們往下沉，也隔開海裡的毒素。「犧牲什麼的，我不想再看到了。」把小飛碟往上抛，儲存的力量擴散成網，直接在四周建立出一個帶有恐怖氣息的保護結界。

「你想死嗎！」冷淡的聲音終於出現一絲波動，流越握著法杖站起，風壁再度聚集，團團把我們和那扇居然沒消失的「門」包裹起來。

「你應該要相信夏碎學長，公會很強，四千多年之後的世界也很強，瑟菲雅格島不是沒救，只是大家一直找不到她。」我側聽著小飛碟發出嗡嗡聲響，勾起笑，「而且你如果在這裡沒了，式青可能會哭死。」

風壁被撕開的同時，我簡陋的黑色結界也出現裂痕。

拉住流越，我甩出手，更多復活的小飛碟轉出來。「魔龍！」

「媽的！弱雞你一定是你嘴巴裡說的那種慣老闆！本尊的幻武他媽力量還沒恢復完全！」

終於能夠出現的魔龍身影轉出，在我們面前破口大罵，幾個小飛碟衝出結界直接飛向那些魔獸，根本沒對方指甲大的小飛碟完全不懼被打碎，直接噴出幾十條雷射光瘋狂轉圈圈，迎面一隻三頭龍首當其衝，根本來不及躲避就被雷射光切割了幾百次。

山一般高的三頭龍原地一僵，從頭頂開始碎成無數肉塊往下崩塌。

「——希克斯？」流越再次愣住了。

「喔？」罵咧咧的魔龍聽見傳音，回過頭掃了祭司一眼。「這血脈……星瀑是你的誰？」

「星瀑長老是我父親的祖奶奶。」流越似乎對於魔龍出現在這裡很震驚，也有可能是看見他當幻武受到驚嚇。不過他還記得補上一句：「星瀑長老已經回歸安息之地很久了。」

「可惜，星瀑是好女人。」魔龍聳聳肩，倒是沒有表現出他真的很可惜的感覺，他從我這邊拿了小飛碟的控制權，把剩下的黑暗力量又用來噴一次雷射光，這次掃死了另一隻撲過來的暴龍，我也差不多快要被抽光力量掛掉了。

魔龍發現我快支撐不住，嘖了聲緩掉攻勢。

流越再次舉起法杖，銀色法陣從他腳下張開，抵禦妖魔們打過來的好幾發黑色法術，接二連三的不斷攻擊讓整個結界壁發出悲慘的哀號。「我送你們離開，不要再耽誤時間了。」

我摀著腦袋，抓住流越想要弄走我們的手，「閉嘴！」說完，我直接往對方身上撞，連人帶杖一起撞倒趴在法陣上。

本日第二次被撲倒的流越還沒反應過來，藍框的門那端先有動靜。

一支銀箭破空射出，挾帶強悍的氣流撕開毒霧，從我們剛剛站著的位置疾射經過，貶眼貫穿打破結界壁的魔獸腦袋。偌大的暴龍型魔獸竟被對牠來說簡直像牙籤一樣的銀箭給射翻，而且在穿透的傷口上立刻轉出一圈術法符文，白色火光從那個地方燒出，火勢瞬間蔓延吞噬整隻魔獸，以魔獸為燭，把黑暗的周圍再次點亮。

然後，有人從門外跳進，落在我們的陣法上。

「你們啊，下次外出破壞古蹟要報告老師喔。」

持著大弓的黎沚歪著腦袋，對我們露出一笑。

夏碎學長在進孤島前已經通報公會。

我們失蹤後，公會與海上組織必定會在這一帶尋找我們，這是夏碎學長告訴過我的話，也是他提出撤離的基礎籌碼。

所以一旦飛狼他們離開、出到外界，公會絕對會第一時間找到我們。

發現外人確實可以從「門」進入，包圍我們的妖魔鬼族眼睛都直了，幾乎失去理智地發出興奮狂吼。他們被關在這裡太久，終於可以脫離孤島重返世界，所以全部振奮起來，活像打了幾百箱的興奮劑，集體變狂戰士。

然而公會當然也不會只讓黎沚一個人進來。

五、六名黑袍幾乎只晚一步落在我們周圍，保護結界銅牆鐵壁般架開，居然擋住了外面流星雨般的衝擊，爭取更多時間。

我有點感動正想要表現一下對於援兵的崇拜，突然被人暴力扯住後領，從地上拖起來，陰森的語氣噴過來：「褚你找死嗎！」

頭皮發麻地轉過頭，果然是學長那張想殺人的臉。

「呃……我還活著。」趕緊收回小飛碟和魔龍，我被丟到一邊時連忙乖乖扶起流越往黑袍們身後接受保護。

「空間門的力量已經快要消散，離開這裡爲重。」站在我們前方的洛安開口，避免了我當場捱揍血濺三尺的畫面。

「裡面有異靈，我必須留下來鎖死這塊時空。」流越連忙說道。

幾名黑袍互相看了眼。

這群黑袍裡除了黎沚、學長和洛安，其他全是我不認識的人，而且力量強到沒辦法捉摸的境界，與黎沚、洛安那種深不見底的感覺很類似，可能有好幾個是資深黑袍，神態沉穩不畏懼外面的狀況，就像好幾座大山幫我們擋住威脅，學長在其中反而很明顯能看出就是年輕一輩的黑袍。

「不需要，此處由公會接手，我們已經在外面做好設置，異靈無法逃出。」一名長相嚴肅的高大黑袍硬邦邦地開口，完全就是不給商量的餘地，看得出是這支臨時隊伍的隊長。

「別廢話了，快走。」學長話一說完，直接拽住我的領子轉頭。

黑袍們主要任務就是進來帶走我們，沒打算正面衝擊，所以撤退的速度也是一等一地快，我都還來不及感受領子被拉的上吊感，全體人員已穿過「門」。殿後的黎沚與洛安一回身，兩人做出一模一樣的手勢，相同的術法被他們打到「門」上，「門」就在這瞬間整個消散，連一隻魔物都沒來得及闖出，只能聽見最後不甘願的怒吼殘聲。

接著我脖子一鬆，被學長丟到地板上。

摀著喉嚨爬起身才發現不是海邊也不是沙灘，是看不出材質的地板。

抬起頭，一艘有夠像郵輪的超大船體映入眼中。

……

……等等這就是郵輪吧。

我看著甲板上人來人往，各色袍級和穿著海上組織服裝的人員快速走來走去，看上去異常忙碌。

不過總算離開那個鬼地方了。

一想到這裡，我突然腿一軟，一屁股坐回甲板上。

現在感覺頭痛身體痛腦袋痛偏頭痛痛到處都痛。

「其他人已經先交給醫療班救治，你不用擔心。」黎沚把大弓交給旁邊的一名白袍，笑吟吟地在我面前蹲下，還摸摸我的頭。「辛苦了辛苦了。」

我才剛想說點什麼，本來想赴死的流越竟然也蹲下來，很不確定地聲音傳出：「您是……黎沚大長老？」

「哎？小流越？」黎沚愣了愣，伸手就去掀流越頭上的那塊黑布。

大概是沒想到會直接被同族掀蓋頭，流越措手不及沒阻止到，黑布底下的臉直接暴露在我們面前，我這時才知道爲什麼這連死都不怕的羽族會將臉蓋起來。

流越的臉基本已經看不出原本的模樣，接近死白的面孔上有著好幾塊燒傷與密密麻麻的刀痕，整張臉被破壞得幾近猙獰，一雙眼睛也被全毀，更別說可以發聲的喉嚨，頸部同樣布滿大量傷痕，連我這個旁人看一眼都可以感受到有多痛。

「對不起，因爲會嚇到人所以……」流越蓋回那塊黑布，語氣很正常，並沒有因爲黎沚的動作有脾氣。

黎沚張開手，用力地緊緊抱住黑色大祭司，眼睛紅起來。「會治好的，我去幫你跟精靈拿最好的藥。」

我看他們這樣，也不好意思插嘴，默默地站起身，結果迎面就一個拳頭過來。

趕緊擋住臉，我大喊：「你應該去揍夏碎學長！他比較亂來！」

站在我面前的學長皺起眉，我連忙趁這空檔把夏碎學長幹的事全說出來，包括被黑術師、小灰影打傷，還有祭血找雪野家的紅龍王那一爪。

我揍不了夏碎學長，我就找人揍他！

學長聽完，臉色變得很陰沉。結果他還是往我小腿踢了一腳，接著帶著一臉可怕的神色轉身，眞的去找夏碎學長了。

其實我很想偷偷跟上去看實況，但我覺得可能會被他們兩個波及分屍，於是只好乖巧地留下來，等待公會或海上組織的人給我安排個房間，不然我腦袋快炸了，再不休息八成又要暈。

果然很快就有個白袍女孩跑過來，這時候那些資深袍級已經各自離開，我們這邊只剩下黎沚和洛安。

……

等等，黎沚爲什麼記得四千多年前的流越？

我猛地想起來他記憶也有問題，不過眼下並不是詢問的好時機。

女孩向洛安行了個禮，開口說道：「已經幫這兩位也準備好房間與醫療班，其中一位安排的治療師善於治療黑色種族，請跟我過來吧。」

喔，難怪會找白袍像打雜一樣地帶路，可能因爲我的身分，就算公會本身不怕我的血脈，還是要做個樣子給外人看，表示他們也有小心戒備。

黎沚扶起流越，露出平日的友善笑容。「你們先休息吧，不用擔心，公會接手後續的事情，邪神碎片也已經被鎮壓了，現在很安全，放心。」

我點點頭，徹底放下心來的同時，眼前瞬間一片黑暗。

……

我就知道會暈。

《特殊傳說Ⅲ．01》完

番外　倖存者

「姊姊們～～！」

花園外，帶著開心情緒的聲音從有些距離的廊道處傳來。

原本或站或坐在花園裡的幾名華服女性停下交談，不約而同地輕笑了出來。除去四周侍女們，顯然地位更高、接受服侍的六、七名女性雖然樣貌各異，不過打扮卻同樣奢美華麗，不但穿戴時下最流行昂貴的宮廷衣著，佩戴的每一件飾品都鑲嵌著高價珠寶。

一名身穿水藍色高級綢緞的美麗女子掩嘴，貓一樣的媚眼往站在角落處的幾名服侍少女瞥了下。「果然還是莉雅公主說的對，這隻獨角獸喜歡少女，把這邊的下人都換成少女後，他幾乎天天往這跑來呢。」

「是啊，水舞節結束後，若順利把牠弄回我們的王國，國王必定會非常高興的，這可是難得的獨角獸。」左邊位子上，穿著鵝黃色洋裝的少女姿態優雅地拿起紅茶杯，幾人又是相視一笑，停下了交談。

同時，花園入口出現了白色的身影。

不同於人類的模樣，這是匹白色的馬，但又和普通馬匹不同，站在入口處的白馬除了渾身帶著一絲強悍純淨的力量氣息之外，額上還有支獨角，這是被世人稱之爲獨角獸的珍稀幻獸。

坐在這裡的女性們都是妖精與人類混血國度——羅娑的貴族們，應這次妖精城市水舞節的邀請，與代表出席的王子、公主等一干貴族世家同往參與。

羅娑的起源妖精就是此妖精城市、彩霞妖精的前首領之子。

今日的商業小國羅娑原本只是個邊陲小鎮，善於農業與紡織，尤其是紡織，婦女們織出的紡織品如彩霞般色澤鮮艷瑰麗，且輕薄又柔軟，彷彿眞的將一片片彩霞雲朵穿在身上，在許多王族與貴族之間非常搶手。

這也成爲偶然經過的彩霞妖精佇足的原因——因爲太像眞正的雲彩了，讓彩霞妖精們愛不釋手。

總之，彩霞妖精的前首領之子在羅娑小鎭中與一名人類少女相識並相愛，兩人的後代繼承了妖精力量與血脈，帶領眾人走出小鎭，代代過去，不用百年，羅娑已成爲商業貿易相當繁榮的富足小國，尙有繼續往外擴大的趨勢。

彩霞妖精的水舞節每十年會特別盛大舉辦，時長十日，主要是爲了弔念黑暗年代逝去的勇士與人民，歡慶自由時代的到來，最後一天更有大型祭典，會有許多平常難得一見的妖精族祈福儀式，對於這些人類混血們相當有益，所以收到邀請的混血王族、貴族們大多都會老老實實地留到最後一日，也不敢在盛宴結束前搞出點什麼，更別說大張旗鼓地捕捉幻獸了。

坐在花園中的這些貴族女性分屬三個不同家族，與羅娑公主交好，除了玩伴以外也是有旁系血緣的堂表姊妹。

她們是在水舞節開始的第三日發現獨角獸的存在。

第一日到訪並安置好居住處後便按照預定行程先與妖精王族見面，第二日則是參與一些必要的流程與活動。等到第三日能自由行動時，她們就在熱鬧的街上看見大搖大擺到處亂晃的獨角獸。

彩霞妖精是屬正派的白色種族，所以居民們不會行使暴力捕捉幻獸，即使是極爲罕見的獨角獸，甚至在有些參加水舞節的外來者想騷擾獨角獸時，上到巡城衛兵，下至居民們都會出手保護，打跑那些心懷鬼胎的傢伙。

於是，羅娑國的女士們便不敢輕舉妄動了。

雖然有著些微傳承下來的妖精力量和血統，不過她們在思想或是教育上是依循著人類社會的，況且久遠前妖精祖先的血脈傳到現在早已稀薄，她們並沒有漫長的壽命，肉體強度也沒剩多少，只保留一點魔法能力可用，於是獨角獸在她們眼中自然相當有誘惑力。

畢竟獨角獸的傳說擺在那裡，先不說那些無法證實的部分，光已知的如淨化整個區域、身上帶有奇效、能激發潛在力量或賦予異能……等等的，就足夠誘惑。

但不能在妖精的城市裡動手，她們只能先友善地與幻獸打招呼，誠摯地邀請牠至她們的下榻處遊玩，背後則由公主規劃，把所有侍者換成年紀偏小的少女們，以此引誘獨角獸。

現在看起來，是成功了。

這隻獨角獸三天兩頭往這邊跑，沒事還愛蹭在少女們身上，很可能在水舞節結束之後就會乖乖跟著他們離開，到時只要一出妖精地域，就可以立刻進行捕捉。

想到這些，打扮精美的女性們不由得更加和顏悅色，力求緊緊抓住這隻幻獸的心，大量供給美食與美少女，讓牠心甘情願地留下來。

果不其然，進了花園後，獨角獸便非常自得地往老位置跑去，先開開心心地享受一頓女性們替牠準備的水果大餐，接著又蹭了幾下身邊的漂亮美少女，悠閒自在的程度簡直這裡就像牠原本的舒服住處，一點也沒有謹慎禮貌的打算。

最開始說話的水藍色服飾女性搧著手上的絹扇，紅艷的嘴唇在扇面後勾起了笑。她是與羅娑公主相差一歲的堂姊碧雅蕾，自小玩到大，公主相當信任她，去年與宰相成婚時，王室一家甚至還到婚禮上道賀，送來不少名貴稀奇的賀禮，讓她得到相當足夠的面子，在一眾女性中，她的地位和話語也同樣具有相當分量。

看見碧雅蕾夫人的動作，很懂得察言觀色的侍女立即停下撫摸獨角獸頸側的手，輕聲細語地開口：「獨角獸呀，再過兩日我們就得回羅娑了。」

少女聲音極美，開口說話彷彿百靈鳥歌唱一樣，當初碧雅蕾花了很大一筆錢才從黑市買下她，稍加訓練後原本想獻給國王，但被國王拒絕，所以只能繼續放在身邊找適當的時機用來籠絡王室其餘王子。

原本帶她出來只是想讓她試著在妖精王族裡博得好感，沒想到先釣上這隻獨角獸——獨角獸明顯特別喜歡這個聲音和容貌同樣美好的少女，這幾天都蹭在少女身邊吃吃喝喝，碧雅蕾也就乾脆讓少女專門服侍幻獸。

獨角獸一聽，果然頓了下，大眼睛裡出現了淡淡的傷感，口吐人言地對少女說道：「眞的嗎？可是我捨不得妳，小雪小美人。」還捨不得其他美少女——這句獨角獸當然沒有說出來。

「那你要不要來我們羅娑做客呢？」名爲小雪的少女眨著無辜又美麗的藍色眼睛，眼波流轉地望著幻獸。「雖然沒有妖精城市這麼繁榮，但羅娑也很漂亮，還有許許多多這裡沒有的食物與水果……」

「羅娑啊，人類太多了。」獨角獸很感性地嘆了口氣，也表現出眞的捨不得小美女的依戀模樣。「一個不小心可能角會被鋸掉，不去不去。」

「你可以和我住在王宮裡呀，王宮裡有很多保護，我們就能天天一起玩了。」小雪重新撫上獨角獸的鬃毛，溫柔地順著。

顯然獨角獸對於這個提議有點心動，沉默地思考起來。

碧雅蕾在心中冷笑了下。

雖然是稀有的幻獸，不過獸就是獸，思想單純，三言兩語便能讓牠動搖，看來只要小雪加把勁，應該就能順利讓這隻沒腦的野獸乖乖跟著回羅娑，甚至連捕捉都不一定須要，搞不好就會跟在少女屁股後乖乖地向國王報到。

必要時，讓小雪陪幻獸過夜也是計畫之一。

碧雅蕾覺得將幻獸手到擒來只是時間上的問題。

※

「小雪。」

用蹄子推推美少女，獨角獸樂得又吃一口對方剝來的葡萄。「妳昨天的故事還沒說完，宰相家中收藏室那個、有個傳說島嶼的標本，妳說標本也有故事？」

少女聞言，偷偷看了夫人一眼，得到了對方的允許後才柔柔地開口：「對的，我們羅娑國中有兩個這樣的標本，據說是來自於三千多年前失落的孤島祕境……你是獨角獸，說不定也聽過這個傳說呢？」

獨角獸搖搖頭，「我是從黃昏島來此的獨角獸。」

小雪笑了笑，又幫獨角獸剝了一顆紅色水果，放進幻獸嘴裡。「我也是聽說的，孤島的傳說雖然在一般種族間比較少提及，不過王族宮殿裡還是會經常說到的——那是一處幻獸祕境，像你這樣的獨角獸有很多很多，還有飛狼及各種罕見幻獸。因為牠們隱世，很少與外界交流，當時能確實找到孤島的人並不多。」

幻獸聽著少女瑰麗的描述，孤島上的河有乳白色的也有清澈無比的，捧起來喝是美酒佳釀能癒療百病，天空有無數晴空鳥和夜空鳥日夜穿梭，雪色的沙灘上全是由夜空鳥的珍珠鋪成，一層又一層，長久下來那無法計算的珍珠被沖刷磨碎成粉，踏在沙灘上都能感受到煥然一新，更別說黃金鑽石雕琢成的一座座樹林，陽光灑下時處處都是金光，美不勝收。

「聽起來真棒。」獨角獸想像了下，覺得自己一大清早起來會先被折射的金光閃瞎眼睛，接著看見無數幻獸天天從早到晚喝個爛醉，走路沒辦法走直線還發酒瘋，夜空鳥掉毛掉到禿了……欸等等，以前那隻的羽毛應該是分解成黑珍珠吧？

所以他們會得到一個，黑暗珍珠粉的海灘。

並沒有察覺幻獸正在嗤嗤地小聲笑著，少女繼續描繪從來沒見過的孤島，說得好像親身經歷：「我也很想去孤島看看，不過呢那裡已經消失了。現在偶爾會有一些奇怪的幻獸標本在黑市中流通，據說是當年孤島內流出的，上面有羽族的永恆術法，好像怎樣都解不開，從古至今有各式各樣術師挑戰過，仍然一個都沒解開，不過那些幻獸很美，在黑市中價格很高的。羅娑的國王很喜歡收集各種稀奇古怪的東西，早年幸運取得兩尊孤島幻獸標本，夫人大婚時其中一座轉贈予宰相作爲新婚賀禮。」

「好像很有意思。」獨角獸露出非常有興趣的神色。「是獨角獸嗎？我很想看看孤島裡的同伴。」

「可惜不是呢，是飛狼幼子的標本，國王那裡保留的則是成年飛狼，很有可能牠們是母子喔。」小雪比劃了下，道：「所以國王轉贈標本一事有著和宰相是一家人的意思，如果你和我們回去，夫人可以帶你去看看國王那邊的標本喔。」

「好啊好啊，我很期待。」獨角獸又蹭了少女一下，展現出無比期待的歡喜模樣。

在花園中的其他貴女們聞言不由得都在心裡盤算，這樣看起來應該是能成功把獨角獸帶回去，再來就是在場家族如何分配這次功勞了，屆時在國王面前彼此幫忙說幾句好話，大家可以一起有糖吃。

於是獨角獸今日的遊玩時間又比前幾日長了不少，最後碧雅蕾趁少女說故事而幻獸興致高昂的當下開口，邀請獨角獸直接在此處過夜，就不用再返回附近的森林了，畢竟接下來就是整個水舞節最後的祈福與高潮，可以節省許多往來時間，多在城中玩玩或是與少女談話。

一聽可以同吃同住，獨角獸沒多加思考，立刻滿眼發光地答應了。

碧雅蕾看著在少女身邊蹦蹦跳跳的幻獸，絹扇後的紅唇再次勾出笑意。所以說，獸就是獸，即使是高貴的獨角獸也是過不了美色這關……可惜要整隻獻給國王，否則獨角獸與牠的角的價值，恐怕已經足夠她換取好幾座羅娑這樣的小國家了。

然而自己的家族是羅娑王族的旁系，宰相效忠的也是羅娑，她只能跟著一輩子都埋在這個小國裡，想想還眞是有點不甘心呢。畢竟國王因獲得獨角獸而給予的賞賜，遠低於她謀得整隻獨角獸的利益。

碧雅蕾想了幾輪，依然不得不放棄獨吞獨角獸的想法。

不過事後從國王那邊分一杯羹是可以的，只能想想該怎麼從那根獨角上取得一小部分，來增加他們稀薄的妖精力量了。

傳聞中能夠解百毒、治癒任何傷害的獨角獸角呢……

※

獨角獸最終被安排在幾乎要與王子、公主房間一樣大的頂級王室客房裡。

先扣除別有深意的羅娑女性們不說，彩霞妖精本身也對幻獸比較和善，更別說是罕見的獨角獸，知道對方要留宿後便按照夫人們的要求，順水推舟地整理出這麼大的房間。

「哇～」

站在巨大房裡發呆，獨角獸好一會兒才像回過神，轉頭看著與自己獨處同房的美少女。

小雪捧著水果盆，溫柔地笑著說：「不用客氣的呀，夫人吩咐過小雪要好好照顧您，您想要小雪怎麼做，小雪就怎麼做。」

「那就睡覺吧。」獨角獸咧了下嘴。

「哎？」小雪沒有反應過來獨角獸這麼直白的要求，瞬間愣住，也就在這一秒，她驀然眼前一黑，整個人軟倒在地。

少女失去了意識，自然也就沒看見這麼多天以來，他們努力想要弄回去的獨角獸原地幻化爲青年的樣子。

青年看著地上的少女，頗爲俊逸好看的臉上出現笑意，他彎下身橫抱起女孩，小心翼翼地放在加大的巨型床鋪上，替她調整好安睡的姿勢，才回過頭，看著已經在那邊等待他的同伴。

「可以順利進羅娑國了。」

站在房間另一側的是隻黑色獨角獸，幾乎就像影子般連犄角都有如夜一樣深沉，不過那雙月光般淡黃色的眼睛非常清澈。

黑色獨角獸動了下腳蹄，瞬間也幻化成青年，表情複雜地開口：「你還眞是……騙色騙得很徹底……」

「沒辦法啊～人家就是愛美色嘛。」白色獨角獸青年捧臉，高大的身體傷眼睛地扭捏一下，然後笑嘻嘻地從水果盆裡抓起顆蘋果丟給友人。「這任務眞棒，有大美人小美人給我按摩，還可以蹭這邊摸那邊，簡直人間天堂！」

黑色青年頭痛地按了按太陽穴，很想對外面那些人類澄清獨角獸不是每隻都這麼色，只有眼前這隻是異類。不過基於自己懶得和人形生物打交道，他很快放棄這念頭。「所以羅娑國內確實有瑟菲雅格的倖存者，只要等到他們順利讓你進了王宮結界內，我們就可以馬上動手。」

「好的，你就沒看到那些夫人都對我流口水流到快變一條河了。」白色青年嘖嘖了兩聲：「別有心機的大美人們雖然也很好，不過如果沒有想要吃我，就更好了，美麗的姊姊們永遠不嫌多，清純的更好。」

「……」黑色青年無言了半晌，艱難地開口：「式青，我總覺得你已經演技當本性了。」

「這就是人家的本性啊～」被稱爲式青的白色青年轉個圈，擺了個很帥的姿勢。「美人就是好，你也早點長大吧，這樣才懂美人有多好，到時候哥哥帶你從南蹭到北，成爲一隻萬丈紅塵中接觸過最多美人的獨角獸。」

「……不用了。」黑色青年覺得自己不想變成這樣的獨角獸，很堅定地拒絕。

獨角獸雖然喜歡純淨氣息，但其實也沒有外傳的那麼誇張，而且那種喜好並不限定少女，他們喜歡的是「初生」那種無瑕的純淨，倒是眼前的同伴爲了詮釋人類口中傳說的獨角獸癖好，好藉由「被捉」混入各種場所，長期下來已經快演到定型、走火入魔了。

黑色青年更不想提這位應該算是他兄長輩的同族經常拉著他要給他介紹未經人事的美少女這種舉動，每次都要逼得他揍人，回雲海島還不能在小動物們面前戳出對方的眞面目……要知道柔弱的小幻獸很崇拜強大的幻獸，可能會把牠們嚇得魂飛去安息之地。

不過對方其實還是有點分寸，對於那些美人最多就是蹭幾下吃吃豆腐，倒沒有做出欺負人家的事情，更進一步的事完全不做，該撤離時也很有自覺地爽快離開，把拿自己當誘餌這件事做得很完美。

想了想，黑色青年還是有點自責。「我們幻獸不夠強……」

因爲不夠強才在一夕之間失去幻獸祕境。

因爲不夠強才無法從黑市中強行奪回那些被買賣交易的同族。

因爲不夠強才不能在各個城市中來去自如，必須要有人先混入，暗設下傳送點他們才能夠潛入。

因爲不夠強才只能閃閃躲躲，深怕外人再來破壞第二個故鄉。

「這也是沒辦法的事情啦，幻獸分階級的，就算很強，還是會比強大的種族矮一截。」式青聳聳肩，看很開地說。如果不是像龍那種一出生就含金湯匙的種族，如他們這些獨角獸，雖然很強，但還是有一大堆人形種族壓在他們頭上，不時遭到獵殺，以至於數量銳減，眞是想撞死那些混帳狩獵者。

式青想了想，拍拍友人的腦袋，很好心地安慰他：「放心，你和我的差距是可以用美人彌補的，你只要學我多蹭蹭美人，你就會身心都變堅強……」

「不用了謝謝。」黑色青年無比堅定地拒絕。

「唉，你這樣少了很多樂趣。」式青用可憐對方的眼神搖搖頭。

就算要找樂趣也不想找你這種樂趣好嗎。黑色青年冷眼在心中腹誹了幾句，要是當初獨角獸王知道他會變這種樣子，不曉得當年在海邊會不會一腳直接把他踹死。

「你們就在羅裟外面等吧，我一到就會馬上設置傳送點。」看了眼床上的小美人，式青當然知道那些王家美女們內心在想什麼。應該說，長久以來，他在尋找倖存者的路上經常碰上有各種想法的人，誰教他們獨角獸在別人眼裡全身都是寶呢。

太受歡迎的後遺症，唉。

就在式青想要再開導一下同族封閉的內心時，兩人同時感受到外面傳來一陣雜亂氣息，好像有很多人往這邊擁過來，不過走的不是走廊這種正規通道，而是從窗戶、天窗那種地方急速奔來。

「我們眞的很受歡迎！」式青恢復獨角獸形態，愉快地等著每到不同地方都會上演個一、兩次的大戲。

一邊的黑色青年露出一種「又來了」的厭世表情，先翻一塊黑色的布綁在自己臉上遮掩面孔，接著很敷衍地從房內設置的小準備台中找出水果刀，懶洋洋地架到獨角獸肥大的脖子，做完這一串動作後，入侵者正好撞破窗戶進來。

「不准動！不然我就殺了獨角獸！」瞬間語氣已調整到凶殘陰狠，黑色青年瞇起眼睛，很敬業地扮演「第一個來抓獨角獸的匪徒」。

翻進來的五、六名黑衣人沒預料到已經有「同行」先一步下手，頓時傻眼。他們明明從雇主那裡得到情報說這房間只有獨角獸和一名柔弱少女，爲什麼會突然殺出別人？

而且那少女……爲啥在床上睡覺？

獨角獸住在這裡的事情因爲要報告彩霞妖精，以及安排房間有不少程序，所以知道的人不少，他們短時間還眞想不出來是哪家的人也想下手。

不過對方只有一個人，他們有六個人，還是可以在衛兵發現不對趕來之前把獨角獸拖走，反正那隻獨角獸看起來很肥，被水果刀戳個幾下應該不至於死掉。

黑衣人幾個眼神交換，立即確認了行動，紛紛揮出暗殺刀，直奔先到一步的「同行」。

黑衣青年當然不會乖乖被砍假的，直接轉動水果刀與對方打起來，而他旁邊的獨角獸則是盡心盡力地詮釋被驚嚇的纖細角色，不斷放聲嘶鳴、拔高身體，趁機用蹄子往黑衣人的臉上屁股上蓋腳印，把那些入侵者踹得在地上打滾爬不起來。

不用多久，外頭便傳來衛兵整齊劃一的腳步聲。

黑衣青年抓準門被撞開的同時消失在房間裡，留下一地摀臉摀屁股唉唉叫的黑衣人群，以及「昏迷在床上」的少女與縮在少女身邊「瑟瑟發抖」的獨角獸。

之後遭到驚嚇的獨角獸當然又得到一番更加無微不至的照顧，直到水舞節結束前，他都窩在十名美少女天天幫他梳毛餵水果的天堂裡。

彩霞妖精的王族追查黑衣人一路追查到當地黑市，最終結果是黑市裡一些趁著節日從外而來的流動商販聽聞獨角獸的事情，見財起意所以下手，按照城市的規定，懲處了相關涉案人員後，便結束了這起事件。

不過接下來幾天，獨角獸老看到鵝黃色洋裝少女眼神閃爍，他也只是笑笑，人形生物內鬥的事情他不想參與，還是只能說，受歡迎真困擾。

還好他們不知道獨角獸活到一個年歲便能轉人形，否則追他的人大概要排滿整座城市了。

※

羅婆國一眾人們在水舞節結束後第三日告別彩霞妖精，帶著豐盛的禮物與貿易中得到的利益光彩回國。

當然，其中最大的驚喜還是被他們藏在豪華車座裡的獨角獸。

與公主為主的女性團體所想的一樣，加強戒備的層層保護終於讓她們順利一路把獨角獸運回國，送到國王面前時，端坐在王位上的人那驚喜的表情與賞賜下來的大量財寶替這些女性與背後家族贏了一點小小的勝仗。

接下來好幾天，獨角獸依然過著醉生夢死的天堂生活，並蹭著小雪美少女帶他去看宰相收藏室裡的飛狼幼子標本。

得知獨角獸想看孤島祕境的標本，想要鋸角的國王為了拉近關係，當然也願意讓獨角獸去看王室收藏庫裡的大飛狼標本。

於是，獨角獸就這麼確定了。

果然是母子。

而且還是令人懷念的面孔。

某天月黑風高的夜裡，獨角獸從十名美少女的懷中睜開眼睛，直接消失在原地，再次出現時，已在王室收藏庫的屋頂上方。

早就守候此地等待的黑衣青年懶洋洋地看了眼還有點捨不得美少女的人形式青，開口：

「宰相那邊有飛狼族過去了，我們也快點去把下面的倖存者帶回家吧。」

兩人速度很快，一下就從防守空洞的地方鑽進收藏室。

式青第一次進來時已把路線研究好了，哪裡有守備、哪裡有術法，全都一清二楚，兩人也是長期配合的夥伴，就這樣無聲無息順利直達永凍者的所在地。

「現在帶回家，她還來得及趕上明年的退潮期。」看著在永凍術法薄冰裡沉睡的巨大飛狼，黑衣青年緩緩吐出口氣，心頭那些對故鄉沉淪的不甘、懊悔又減輕些許。

在退潮期，雖然只能遠遠看見一點點故鄉的影子，不過對瑟菲雅格的住民來說，卻是很重要的慰藉，每當這個時期到來，遠在世界各處的幻獸們都會趕回雲海島上，就爲了那如夢似幻的虛影，也爲了能在某一天將大家順利活下來的消息傳遞進去，告慰那些努力支撐、擋住邪惡讓他們活下去的亡者們。

「不知道未來有沒有機會看見瑟菲雅格的入口重新開啓。」式青感嘆了聲，重新把注意力放到永凍者身上。

飛狼體型很大，看樣子應該是在抵抗邪惡時轉化成當下可操控的最大體型，就這樣被凍住沉眠……可能得直接在這裡把永凍者喚醒，讓牠自己走會比較好。

才打算動手解開永恆術法，式青猛地感覺到不屬於他們兩人的氣息出現在身後，而且距離很近，他陡然一驚，擋在黑衣青年和永凍者前。

昏暗的收藏室角落緩緩走出個人。

「……你是……那隻獨角獸？獨角獸可以幻化人形？」

國王的聲音。

式青在心中嘖了聲，知道搞上麻煩了，這國王看起來似乎是專程在這裡等他的，只是沒預料到會看見獨角獸的人樣。

看來必須進行一拳把國王打暈然後洗腦的動作了。

國王看了看式青，又往後看向黑衣青年，兩人額上都有獨角獸的犄角，他眼神狂熱了起來。畢竟獨角獸本就罕見，在自己的收藏室一次看見兩隻，而且還都是可以變人形的，就更罕見了……根本難得一見。

「碧雅蕾和莉雅說你對孤島的故事很有興趣，又要求想看標本，本王就很好奇……你該不會是孤島的後裔吧？」國王心花怒放地打量兩隻人形獨角獸，發現他們的人形很完整，可見有一定的年齡與實力，比起普通獨角獸更爲珍貴。如果是孤島後裔，就加倍珍稀了，按照傳聞中那些五花八門的傳說，搞不好吃一口肉都可以不死不滅。

「不是，吾乃愛護動物解放動物自由博愛和平身強體壯青年團。你們盜賣孤島標本很不人道，吾等要代替主神來散播愛。」式青快速說道。

「本王只是喜歡收集稀奇的物品，孤島的傳聞讓本王相當感興趣，也一直在研究如何解開永凍術法，並沒有虐待動物的意思。」身為解失敗一員的國王誠懇地看著對方：「孤島真的存在吧？你們是不是有進去的方法？本王很想去傳說中的幻獸祕境遊覽，要是能去，那隻飛狼標本送你們也沒關係。」

「遊覽？」黑衣青年皺起眉，如果現在是獨角獸形態，他簡直想往這個三十歲模樣的國王臉上一蹄踹過去。「你當孤島是什麼地方？觀光勝地？」

竟然用遊覽來看待孤島？

式青拍拍咬牙切齒的同族，讓他不要氣瘋。

外界對孤島的詳情知道得不多，好事之徒的確都抱著觀光勝地的心態尋找孤島，所以他們這些倖存者便更不想找外來者幫忙了。

國王畢竟是國王，立刻發現自己失言，連忙收起強烈喜悅下的失態，重新說：「本王不是這個意思，抱歉讓兩位惱火了。如果你們是孤島的後裔，這標本你們當然可以帶走，本王也可以替你們拿回宰相那裡的標本，更能夠庇護兩位，協助你們不受侵擾，幫助你們復甦消失的孤島。」

所以，快承認你們是孤島後裔吧！

式青光看國王閃閃發亮的雙眼就知道他內心在想什麼。

「不好意思，在下對於不是美人的東西，向來只有一個回答。」

青年就在國王驚艷的目光下轉回獨角獸形態，並在國王沒反應過來之際，朝著他的臉來了一記腳蹄。

國王就在這短暫交談後被人暴力踢昏。

「我也想踹他。」變回幻獸的黑色獨角獸不太高興地抱怨。

「你可以補他一腳，然後把他腦袋洗一洗，忘記我們來過的事情。」對於不美麗的人，獨角獸一直抱持著扔垃圾桶就可以的心態。「啊，不過他沒惡意，不要踹死了。」

國王說的並不是假話，可能這個喜歡收藏怪東西的國王是真的想幫他們，然而人類混血的國王太弱了，而且外族都不可靠，遲早會出賣他們的身分，所以還是踹暈靠自己最好。

黑色獨角獸把國王洗一輪腦後，另一邊的永凍者終於緩緩甦醒。

還沒徹底醒來，猛一看見兩隻獨角獸，飛狼一個顫動，差點發出咆哮，然而立刻就被一堆馬蹄按住嘴巴，牠才後知後覺地屏住聲息。

幻獸們相互看了眼，最後悄悄地離開收藏室。

翌日被踢昏的國王一臉疼痛地醒來，什麼都想不起來，只發現收藏室丟失了飛狼的標本，接著宰相那邊也丟了小飛狼的標本。

這件事轟轟烈烈地鬧了好一陣子，黑市那裡也被盯了很長一段時間，最後找不到凶手和偷竊者，只能不了了之。

※

隔一年，雲海島上，眾多幻獸們心情激動地迎來又一次的退潮期。

他們看著從高處才能發現的淺淺影子，當年活下來的幻獸們對著故鄉殘影不斷嚎叫嗚嗚，用力地想把活著的訊息傳達到彼岸那方。

即使孤島已經消失了幾千年，現在也有了雲海島這個新家，但瑟菲雅格長存於所有居民心中，只要還活著的一日，他們都會不斷地再回到此地，等待故鄉能重返世界的那天。

式青坐在高樹上，翹望著遠方淡影。

那裡當然沒有傳說的黃金樹，也沒有美酒河流，更沒有珍珠粉海灘，很可能現在滿地都還充斥無法散去的黑暗毒素，邪惡與妖魔鬼怪盤據他們的土地。

他身為最後被送走的那批人，比大多數幻獸更清楚島上最後發生的事情，至今難忘，那些著火的森林、同伴被撕碎的屍塊，以及獨角獸王最後送走他的神情。

「我有時候覺得，可能戰死在那裡會更好。」接住後頭丟過來的紅色果實，式青勾起唇咬了口，沒有回過頭。「眞不知道爲什麼王選上我。」

「不是順腳嗎。」黑色青年輕巧地落在樹枝上，挑了根強健的坐下，取出另一顆果實吃起來。「我父母被分屍時也一腳把我踢下去，不過我肯定他們不是順腳，他們一定是看你很不可靠，急忙多給你個戰力。」

黑色青年也是當時最後被送走的成員，他們都眼睜睜看著故鄉被燃燒，親友被撕成碎片，自己不但無法救他們，還被送入永恆術法逃離屠殺。

「……記不記得事發前你還被我打得滿地滾？」說誰不可靠？拚實力他才不會輸好嗎！式青白了眼一點都不可愛的黑色同族，深深可惜他白長了那張勉強不錯的美人臉。

「你還偷看螢光大祭司洗澡被羽族吊到屋頂上處罰一整天！」黑色青年冷哼了回去。更可悲的是某獨角獸還屢偷看屢失敗，從來沒有一次成功過。

「你這小屁孩就不懂冒險的樂趣！」式青大怒。

「你這變態還想污染流越大祭司！」黑色青年把果核往變態身上砸。

「我那是教他欣賞美人！」

兩隻獨角獸於是在樹上開始互揭瘡疤，幸好這個位置離那些正在緬懷故鄉的幻獸們比較遠，式青也有設下一些隔離結界，所以沒營養的垃圾話並沒有傳出去，讓他這個神聖獨角獸的形象在小幻獸們之間還苟延殘喘地保留著。

恢復幻獸形態的獨角獸對踹了一陣子之後，終於不甘不願地停火，重新安靜地看著故鄉的影子。

「……退潮期之後，其他人又要四散了吧。」黑色青年揉揉被踹青的臉，還有點不爽。剛剛一邊喊不能打臉的變態混帳一邊踢他臉，有夠可惡。

「畢竟流落在外的永凍者還很多，我們要全都找回來，才不辜負那些犧牲的夥伴啊。」式青揉著肚子，差點連腸子都被踹出來。

退潮期過後，他們兩個也同樣要離開雲海島，繼續找尋倖存者的下落。

活著的人，要揹負起死者的期待。

式青其實也不太確定到底是那天戰死比較好，還是在這裡緬懷著故鄉、尋找流落各處的同伴們比較好。

獨角獸王的想法他仍然無法揣測。

不過爲了這麼多犧牲者，他還是會努力地把那些永凍者們一一帶回。

他的實力很強，所以壽命也不短，至少有生之年還能再多找幾個倖存者，帶著他們守著退潮期，一次一次等著殘影出現，等待時間流逝，等著世界開始變幻。

最後，總有一天，他們能夠等來瑟菲雅格島重新回到世人的面前吧？

他這輩子最大的願望，除了美人天堂之外，就是重新踏上瑟菲雅格的土地，就算染得全都是黑暗和毒素也沒關係。

美人天堂已經實現過很多次了，所以第一個願望應該也能實現的吧。

望著孤島殘影，式青勾起淡淡的微笑。

因爲肯定會有那一天的到來，所以他們會繼續守著退潮期。

然後，等著願望實現的那天。

〈倖存者〉完

特殊傳說 III
THE UNIQUE LEGEND

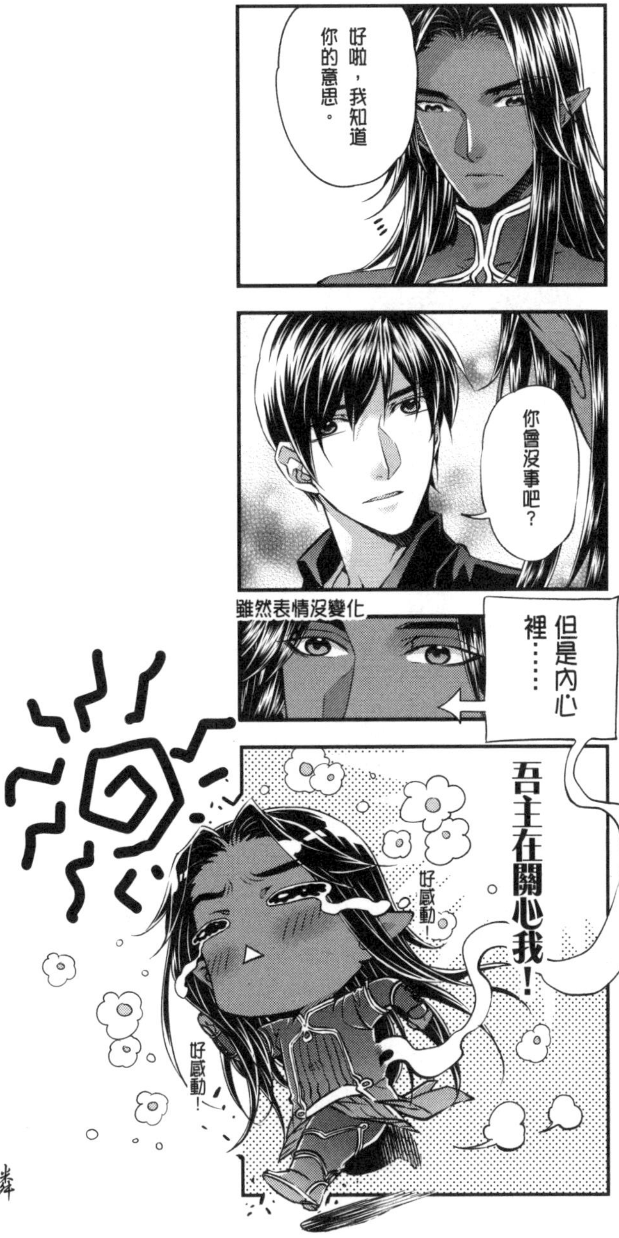
好啦，我知道你的意思。
你會沒事吧？
雖然表情沒變化
但是內心裡……
吾主在關心我！
好感動！
好感動！

by 紅麟

國家圖書館出版品預行編目資料

特殊傳說.III / 護玄 著.
——初版.——台北市：蓋亞文化，2020.11
冊；公分.

ISBN 978-986-319-505-4（第一冊：平裝）

863.57　　109014568

悅讀館　RE391

特殊傳說III THE UNIQUE LEGEND vol. 01

作　　者　護玄
插　　畫　紅麟
封面設計　莊謹銘
主　　編　黃致雲
總 編 輯　沈育如
發 行 人　陳常智
出 版 社　蓋亞文化有限公司
地址：台北市103承德路二段75巷35號1樓
電話：02-2558-5438　　傳真：02-2558-5439
電子信箱：gaea@gaeabooks.com.tw
投稿信箱：editor@gaeabooks.com.tw
郵撥帳號 19769541　戶名：蓋亞文化有限公司
法律顧問　宇達經貿法律事務所
總 經 銷　聯合發行股份有限公司
地址：新北市新店區寶橋路二三五巷六弄六號二樓
電話：02-2917-8022　　傳真：02-2915-6275
港澳地區　一代匯集
地址：九龍旺角塘尾道64號龍駒企業大廈10樓B&D室
電話：+852-2783-8102　　傳真：+852-2396-0050
初版二刷　2024年7月
定　　價　新台幣 250 元
Published and printed in Taiwan

ISBN 978-986-319-505-4

RE391
GAEA

The Unique Legend vol. 01
特殊傳說 III

蓋亞文化　讀者迴響

感謝您在茫茫書海中選擇了蓋亞，您的支持是我們最大的動力。
不要缺席喔，讓我們一起乘著夢想的羽翼，穿越時空遨遊天地！

姓名：	性別：□男□女	出生日期：　年　月　日
聯絡電話：	手機：	
學歷：□小學□國中□高中□大學□研究所	職業：	
E-mail：		（請正確填寫）
通訊地址：□□□		
本書購自：　縣市　書店		
何處得知本書消息：□逛書店□親友推薦□DM廣告□網路□雜誌報導		
是否購買過蓋亞其他書籍：□是，書名：		□否，首次購買
購買本書的動機是：□封面很吸引人□書名取得很讚□喜歡作者□價格便宜□其他		
是否參加過蓋亞所舉辦的活動： □有，參加過　場　□無，因爲		
喜歡出版社製作什麼樣的贈品： □書卡□文具用品□衣服□作者簽名□海報□無所謂□其他：		
您對本書的意見： ◎內容／□滿意□尚可□待改進　◎編輯／□滿意□尚可□待改進 ◎封面設計／□滿意□尚可□待改進　◎定價／□滿意□尚可□待改進		
推薦好友，讓他們一起分享出版訊息，享有購書優惠 1.姓名：　e-mail： 2.姓名：　e-mail：		
其他建議：		

廣告回信　郵資免付
台北郵局登記證
台北廣字第00675號

TO：蓋亞文化有限公司　收

103 台北市承德路二段75巷35號1樓

Gaea

Gaea